一頁 folio

始于一页，抵达世界

我身体里的
人造星星

SINÉAD GLEESON

Constellations

Reflections from Life

[爱尔兰] 希内德·格利森　著　　卢一欣　译

广西师范大学出版社
·桂林·

图书在版编目(CIP)数据

我身体里的人造星星 / (爱尔兰) 希内德·格利森著;
卢一欣译. —— 桂林:广西师范大学出版社, 2021.10（2023.4重印）
书名原文: Constellations: Reflections from Life
ISBN 978-7-5598-4061-5

Ⅰ.①我… Ⅱ.①希… ②卢… Ⅲ.①随笔 – 作品集 –
爱尔兰 – 现代 Ⅳ.①I562.65

中国版本图书馆CIP数据核字(2021)第151955号

CONSTELLATIONS: REFLECTIONS FROM LIFE
by SINÉAD GLEESON
Copyright © Sinéad Gleeson, 2019
Simplified Chinese edition copyright © 2021 by Folio (Beijing) Culture & Media Co., Ltd.
This edition arranged with ROGERS, COLERIDGE & WHITE LTD(RCW)
through Big Apple Agency, Inc., Labuan, Malaysia.
All rights reserved.

著作权合同登记号桂图登字:20-2021-243 号

本书出版获得 Literature Ireland 资助,特此鸣谢。

**LITERATURE
IRELAND**
Promoting and Translating Irish Writing

WO SHENTI LI DE RENZAO XINGXING
我身体里的人造星星

作   者:（爱尔兰）希内德·格利森
责任编辑:黄安然
特约编辑:苏 骏
装帧设计:汐 和 at compus studio
内文制作:常 亭

广西师范大学出版社出版发行

   广西桂林市五里店路 9 号 邮政编码:541004
   网址:www.bbtpress.com
出版人:黄轩庄
全国新华书店经销
发行热线:010-64284815
北京中科印刷有限公司印刷
开本:889mm × 1194mm 1/32
印张:9.75 字数:172 千字
2021 年 10 月第 1 版 2023 年 4 月第 3 次印刷
定价:58.00 元

如发现印装质量问题,影响阅读,请与出版社发行部门联系调换。

献给史蒂夫，

感激你的一切。

并纪念特里·格利森。

目录　CONTENTS

✷ ✷ ✷ ✷ ✷

＊ ＊ ＊ ＊ ＊

"审查身体，你便也同时在审查呼吸和言论。

书写你自己。你的身体必须得到倾听。"

—— 埃莱娜·西克苏[1]《美杜莎的笑声》

"从经验上讲，我们是由星尘构成的。

我们为什么不多谈谈这个问题？"

—— 玛吉·纳尔逊[2]《阿尔戈英雄》

"疾病是每个人生命历程的一部分。它强化我们的知觉，

弱化自我意识。它是伟大的告解室；人们坦白心迹，

便会吐露健康所掩饰的真相。"

—— 弗吉尼亚·伍尔夫《论生病》

"或许身体是唯一无法用答案去消灭的问题。"

—— 王鸥行[3]《移民俳文》，引自《伤痕累累的夜空》

---

1 埃莱娜·西克苏（Hélène Cixous, 1937— ），法国当代重要的小说家、戏剧家及文学理论家。——本书脚注均为译者注。

2 玛吉·纳尔逊（Maggie Nelson, 1973— ），美国当代作家，作品涉及自传、诗歌、美学理论、艺术评论等，被誉为"破坏文学体裁的作家"。

3 王鸥行（Ocean Vuong, 1988— ），越南裔美国诗人，艾略特奖得主。

Blue Hills and Chalk Bones
蓝色山丘与粉笔骨头

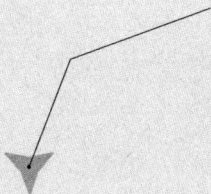

捕捉子弹 [1]

身体是过后才会去追想的事。我们不会停下来思考，心脏是如何以它稳定的节奏跳动着；也不会留心，我们每迈出一步，跖骨 [2] 如何随之像扇子那样展开。除非体验到愉悦或疼痛的感觉，我们丝毫不会注意这些活动着的血管、血液和骨头。肺部鼓胀，肌肉收缩，没有理由去揣想它们哪天会罢工。直到某一天，情况有变：身体突然发生变故。我们的身体——它的存在，它的分量——既是不可忽视的实在，又往往被视作理所当然而不受珍视。我年满十三岁后的几个月里，便开始特别关注我的身体。那

1　捕捉子弹（bullet catch）是一项魔术戏法，魔术师在表演中会用牙齿或手指拦截射向他的子弹。参照正文，作者应指自己的身体像魔术戏法一样令人捉摸不透，迅速恶化。

2　跖骨是组成人体足底的小型长骨，位于脚踝与脚趾之间。

时，有一种持续的、陌生的疼痛让我慢下来。我的身体向我发出惶恐的信号，但我不明白它们的意思。我左侧髋关节内的滑液开始像雨一样蒸发。骨骼之间相互摩擦，磨成了粉。事发迅速，仿若逆向展示的魔术戏法：你先是看不见它，然后你看见了。我本来还在打篮球、练短跑，转眼就因骨头疼痛变得一瘸一拐。我开始频繁地住院，连续四年错过每学期的头三个月。

为了解开谜团，医生们竭尽了全力：一开始，他们采用了"悬带和弹簧"——一种名称颇为欢快的牵引方式，在我听来像一对小丑搭档。接下来是手术、活检。无非是一种愿望：蕴含希望的名称，但是收效甚微。我的教母特里每天都来探望我，给我带晚餐，还有她从抓娃娃机里赢来的一些毛绒玩具；我的骨头则持续恶化着。

最终的诊断结果是单关节炎。医生们提到了一种叫作"关节融合术"的手术。即便是在 20 世纪 80 年代末，他们也不愿意做这种手术。"尤其如果病患是女孩子的话。"外科医生和我父母这么说的时候，清了好几遍嗓子，但我多年后才明白他的意思。他是说，未来许多年里，我的身体都将无法做成我希望它做的事，我还总得跟别人解释我自己的情况。

数字与仪式

《圣经·创世记》里讲了这么一个故事。雅各和一名陌生人摔跤，那人想必是天使。由于天使打不过雅各，便触碰了他的髋部，使他脱臼，雅各从此终身跛行。他小心翼翼，把这事当作一番提醒，提醒自己有一天死亡会降临，是天使饶了他的性命，让他知道精神上的自我比肉体凡胎强大得多。

我那时是个虔诚的孩子。每周参加弥撒，定期向神父告解，尤其心怀对上帝、天堂和所有圣徒的热忱而由衷的信仰。学校里密集的信仰灌输更加强化了这一点。在当地的教会，我从外婆的一个朋友那儿购买了一些宗教诗集，他的摊位就在告解室附近。那些诗的诗节全在描绘大自然，老套的韵律充满泛神论色彩。诗集的封面通常是田野、天空和鲜花，都是些与上帝的真正威严有关的事物——而我对这些廉价装帧的小开本书籍垂涎三尺。

20世纪80年代末期，爱尔兰的天主教势力尚未瓦解。会众仍然对神父充满畏惧，人们直到很久以后才会发现，有的神父一直在强奸儿童。妇女则受到一种非常特殊的身体虐待。1979年之前，避孕一直属于违法行为。1979年后，则需要由医生开具处方药才能避孕。由于人们难以获得这种药，意外怀孕很常见。20世纪60年代以前，一名已婚妇女可能会不停地怀孕：怀孕八次、十次、十二次，都是司空见惯的事。我听着像是一个词——"八十二"（eighttentwelve）——仿佛具体数字并不重要。仿佛女人理应耐心忍受多达两位数的孕事，就像对待流感或头痛一样。我母亲的朋友们从英国带回整箱整箱的避孕套，像战时配给的口粮那样四处发放。

1970 年，我的哥哥出生了。我母亲分娩后，必须先去教堂接受相应的仪式，才可以回去做弥撒。神父祝祷所有新近生育的母亲，为她们驱除生育带来的污秽。在圣洁的男人眼里，连生孩子都会玷污女人的身体。教会总是高呼"罪恶！"以否决人的自主权利：从婚前性行为、抹大拉洗衣房[1]隐瞒的孕事，到基本的避孕措施。直到 2018 年，爱尔兰才就堕胎问题举行全民公决，并通过一项有限的法规，规定在某些情况下可以终止十二周内的妊娠。

泳　道

我第一次住院长达三周之久，接着是各式各样的理疗：门诊治疗以及每日定时游泳。冬天里的三个月，妈妈每天开车送我去游泳馆。我们俩都厌倦了那种寒冷，以

1　抹大拉洗衣房（Magdalene Laundries）得名自抹大拉的马利亚，曾是爱尔兰的信仰规训机构，专门惩罚"堕落的女子"。教会将一些"容易引诱男人"的女性（包括妓女和未婚先孕的年轻女子）关在这里，避免她们日后"步入歧途"。她们日常浣洗从监狱、教堂等地送来的脏被单和衣物，还要忍受修女的打骂，生活十分艰苦。1996 年，爱尔兰最后一家抹大拉洗衣房关闭，这一机构如今已成为爱尔兰集体记忆的一部分。

及那一成不变的蓝色；厌倦了我在马赛克瓷砖之上一程接一程地练习自由泳和蛙泳。日复一日，周复一周，我强迫自己在泳道内行进，平安无事地穿梭于微温的消毒氯水之中。直到一天晚上，泳池内一群吵闹的少年猛烈地撞到了我，一只脚像刀一样劈中我的髋部。突如其来的疼痛有如切断电源的瞬间。我的身体停滞了，大脑还不明白发生了什么。没有挣扎，而是完全静止。我凝视着那团模糊的氯水，想着我的关节是不是毁了，我往下沉，直到救生员跳进水里把我捞了出来。

我外婆以前在当地的另一家游泳馆工作，她说服老同事让我在游泳馆闭馆后去那里游泳。我独自待在水里，水下灯光照射着贴了瓷砖的池子，感觉十分诡异。一切是那样蓝，那样安静，水的影子映在天花板上。我想象着可能趴在水底的东西，把自己吓坏了。每过一周，我都游得更快，也更强壮了。我的身体却愈发不协调：手臂粗壮，但羸弱的左腿却拒绝活动，也不长肌肉。它萎缩了，比右腿更细。我便这样保持着不对称。

1988 年

到 1988 年，都柏林已经有一千年的历史了，市民们为了庆祝，举行游行，在牛奶瓶的瓶身印上纪念标识。这一年的主要口号是"八八年的都柏林很了不起"。

1988 年，我十三岁，雷·霍顿[1]在欧洲足球锦标赛爱尔兰对阵英格兰的那场比赛中进了球。跟我外婆一样佩戴头巾的女人们在教堂里点上蜡烛，祈祷我们能打败苏联队（最后打成平手）和荷兰队（我们输了）。

1988 年，母亲带我来到都柏林南环路附近的一座老红砖房子里。住在这里的女人拥有毕奥神父[2]的遗物——他的骨头，被盛装在一只小玻璃瓶中。她一边轻声念诵祷告词，一边用这只玻璃瓶摩擦我的髋部，使我的髋部和一位天主教圣徒的遗骨短暂地联结。尽管在接下来的几周里，什么也没有发生，但我依然怀着坚定的信仰。我养成了一个习惯，做弥撒时，我会把手指浸入圣水池中，蘸点水洒向我骨盆的方向。

1988 年，我就读的学校组织去法国旅行。上一年的目的地是苏联，我哥哥多带了一只行李箱去，箱子里装满了用作交换的口香糖和巧克力棒。他带回了金属制成的列宁徽章和太空竞赛徽章，一个克里姆林宫木雕和一顶苏联毛帽[3]。法国之行则包括巴黎和卢尔德，由于想去的人数众多（为了巴黎而不是卢尔德），为此还进行了抽签活动。我自动获得了参与资格：我的拐杖就好比季后赛中的零失

1　雷·霍顿（Ray Houghton，1962— ），爱尔兰足球运动员，现已退役。

2　毕奥神父（Padre Pio，1887—1968），意大利天主教神父，后被追封为圣人。

3　苏联毛帽（Ushanka）是苏联军方常用的防寒帽，带皮毛和耳罩，也有民用版本。

球[1]，而且他们准许我最好的朋友陪我同去。她是新教徒，她的信仰不要求她像我们那样虔诚地对待圣母马利亚。我们都不知道马利亚是否会替我向耶和华求情。所有的眼睛都盯着我，人们以为我能让他们见证奇迹。

1988 年是闰年，这一年的 366 天里，我都拄着拐杖。

希波克拉底式[2]的希望

关节炎使我只能拖着一条腿走路。我习惯了跛行，习惯了拐杖敲击地面的声响，但也随之获得了另外一种自我意识——我避免看到商店橱窗里映出的自己。当我需要穿越一个舞池、一间大厅，或任何一个满是欢乐而忘乎所以的人的喧闹房间时，我会多绕一段路，沿着墙壁溜过去。我从房间的右边进入，这样可以掩饰走路时的歪斜。如果有人问我怎么回事，我总是回答说摔了一跤，因为这个方便的说法更简单快捷，比讲述我的故事更少引起尴尬。而这就是关键所在。在那些年里，我感受最多的是令人窒息的尴尬。为我的骨头、我的伤疤和我那笨重的步态感到羞愧。我想让自己变小，尽量减少我占据的空间。我从书上

1　"零失球"指守门员单场没有失球，防守很好。这里表示稳赢。

2　原文为 "(Hip)pocratic"，作者在此玩了个文字游戏，将 "hip" 一词单独标出，道出了此节的主题，即自己髋部的病痛与医疗从业者之间的联系。希波克拉底（Hippocrates，前 460—前 370）是古希腊著名医师、西方医学奠基人，被尊为"医学之父"。著名的希波克拉底誓言即关于医生职业道德的誓言，警示医务工作者言行自律。

读到过，鼩鼱和黄鼠狼为了生存可以收缩自己的骨头。

早先去看外科医生时，医生为了检查我是否有脊柱侧凸，要求我身着泳衣。我感到极度难堪，整个检查过程中，我一直在哭。医生越来越不耐烦，扔了一条毛巾盖住我的下半身。

"给你，现在好了吧?"

当然没有。我那时是一个有自我意识的女孩，因为自己感到羞耻的事情而被羞辱。很少有人能逃避青少年时期的自我意识，但女性因身体感到羞耻的麻烦种子很早就播下了。流行文化告诉我，我应该想要被人注视，但当我被注视时，我却不知该作何感想。医患之间的关系本身就是失衡的。我从未忘记面对指令时的无力感：躺下，弯腰，走两步看看。当我躺在手术室赤裸裸的灯光下，从十开始倒数，或者当皮肤被划开的时候，我便会感受到这种无力。你在别人手里。但愿是双稳当、能干的手——可病人永远无法做主。病人的王国不是民主的王国。并且，那些年给我做检查的所有骨科医生都是男性。

平　衡

跟默主歌耶[1]或诺克[2]一样，卢尔德也是天主教徒朝圣

1　默主歌耶（Medjugorje）是波黑西南部的一个小镇，据说圣母曾在此向六个少年显灵。
2　诺克（Knock）位于爱尔兰梅奥郡，宗教氛围浓厚。

的重地。在今天的爱尔兰，教区依然组织人们前往法国旅行，装载一车又一车汇聚一堂的虔诚信徒。20 世纪 80 年代，最便宜的出行方式是乘巴士和渡轮，后来廉价航空公司开始提供三十七欧元就能飞往佩皮尼昂和卡尔卡松[1] 的航班。朝圣者们坐在爱尔兰新贵旁边，准备去"佩皮"度过一个狂欢购物的周末。如今，卢尔德有了自己的机场，可以够格挤进旅行社的行程标题：塔布—卢尔德—比利牛斯。

我在 1988 年参加的这次旅行是一趟史诗级麻烦的旅程。渡船在波涛汹涌的英吉利海峡颠簸前进。所有人都待在自己的船舱里呕吐——因为如果想要去洗手间，就得有平衡能力和绝对意志。我们的长途汽车从鲁昂直冲而下，驶向凡尔赛宫郁郁葱葱的花园。从那里到巴黎，那个有着众多咖啡馆和标志性铁塔的地方。我们没完没了地拍照，疯狂购买纪念品，但我一直想着那个岩洞[2]，以及将要发生的事。向南驱车到卢尔德花了整整一夜的时间，疼痛使我难以入睡。我们经过一座座葡萄园，我望着星星，聆听沉睡的同伴们安然的呼吸声。我想着沐浴圣泉的事，想着如果我足够虔诚，我就会痊愈。

1　佩皮尼昂（Perpignan）和卡尔卡松（Carcassonne）都是法国南部城市。

2　应指卢尔德的马萨比耶勒岩洞（Grotto of Massabielle），即圣女贝尔纳黛特见证圣母显灵之处。

圣 骨

《圣经》让人相信女人的确是由骨头造出来的，也就是亚当的肋骨塑造了我们。我们谈论孕育生命的髋部，谈论生育所需的牢固的骨盆。在肌肉与韧带之下坐落着子宫：一只圣杯，使生命成为可能的繁育后代的圣杯。在脊椎的底部，在两块髋骨之间，是骶骨[1]。它来自拉丁语 "*os sacrum*"，意为 "圣骨"。在古希腊的动物祭祀活动中，动物身体的某些部位会被献祭给神灵。骶骨也包括在内，据说它坚不可摧。我们的身体当然是神圣的，但它往往不只属于我们自己。我们去医院时伤痕累累的身体；我们日常呈现给世界的形态；我们向爱人展示的极为神圣的躯体——我们打造出自己多重的身体，如俄罗斯套娃一般，并试图保留其中一个独属于我们自己的版本。但我们应该保留哪一个——最大的还是最小的？

青金石蓝

卢尔德的山丘令人眩晕，连绵起伏，像卡通片里的地形。卢尔德紧邻比利牛斯山脉，每年接待六百万游客，它所拥有的旅店数量在法国城市中仅次于巴黎。从四面

1　位于骨盆腔之后的一块骨头，呈倒三角形，具有明显的性别差异。

八方都能看到那座卢尔德城堡要塞，查理大帝[1]曾一度攻打过它。各类文件对其地形的记录颇为准确——道路狭窄，通往大教堂的山坡则十分陡峭。它旁边的波河是我见过的最湍急的河流。河道环绕着马萨比耶勒岩，那是圣女贝尔纳黛特第一次看见圣母马利亚显灵的地方，岩壁之中就是岩洞的所在。拐杖和夹板挂在墙壁上，像大型的圣诞装饰。大厅里挤满了人，令我吃惊。我没有料到它如此受欢迎。

群山和峡谷环绕着卢尔德，这座城市偏安一隅，自给自足。对于一座信仰的力量被放大的城市来说，这有点不可思议。在这些神圣的空间里，所有超自然和不可捉摸的宗教元素都像是真的。信徒们带着祈祷来到这里，在脑海中默念它们，而在这里，他们的信仰——那难以解释的、盲目的东西——变得触手可及。具体可感的象征符号随处可见，被包装成商品的样子。你可以把各种形式的纪念品带回家：装着圣水的圣母马利亚形状的瓶子。圣女贝尔纳黛特和朋友们在一起的场景，被人用雪花石膏浇筑成了小像。玻璃念珠装饰的花环。海蓝色和天蓝色的纪念品像鲭鱼一样堆放在水桶里。蓝色被视作神圣的色彩，大自然的色彩，真理与天堂的色彩，这儿的商店里满目皆是蔚蓝色和长春花色。我没有买奇迹奖章和十字架，而是为

1　查理大帝（Charlemagne，约742—814），法兰克王国加洛林王朝的国王、神圣罗马帝国奠基人。

我弟弟买了一个三维魔景机，长方形的镜头可以旋转，能看到大教堂、圣女贝尔纳黛特和岩洞的照片。

"我们所到之处（我们所到之处）"

因为有山，我得带上轮椅。我母亲听说卢尔德的街道起伏不平，便向爱尔兰轮椅协会借了一把轮椅。我们从学校出发的那天，我看到长途大巴缓缓驶来，便坐在车里哭了。我们已争论多日：我认为不需要轮椅，一旦坐进去，每个人对我的看法都会改变。

他们会可怜我。深如谷底的怜悯。

一个残疾的女孩。

我父母提出了充分的理由——为了舒适、安全，还有那些陡斜的山坡。车窗外，我的同学们正兴奋地聊天，家长们又额外塞了些法郎到孩子们手中。我爸爸向我保证，在包括我在内的所有人上车之后，他才会把轮椅放入行李舱。他等到最后，小心翼翼地把它放到那些行李箱的最上面。他把轮椅放上去的时候，巴士还因为它的重量晃了一晃。我告诉自己：我决不会用它。如同我在医院里穿那件泳衣、在舞池里绕道而行时一样，在我们乘车去韦克斯福德和渡口的路上，我感到熟悉的羞耻在灼烧。

滚动的轮子

我们抵达的那天是一个春日，天气还不够暖和。我现在再看那些照片，看着朋友们烫过的鬈发和带肩垫的粉色系上衣，还有我的牛仔裙和及踝短袜，都会情不自禁地微笑。那时我们还不知道等待我们的未来是什么，也不知道自己将成为什么样的人。我们的羞涩十分明显。酒店的吧台出售牛奶咖啡，盛装在白色小杯子里，每杯三法郎。我们用生硬的法语点单，啜饮，假装成熟。巴士司机帕迪把轮椅从车上抬下来时告诉我，我跟他讲话时从不看他的眼睛。我拒绝坐轮椅。我错过开学的前三个月，于是成了孤家寡人。别人都很快结交了朋友，尽管我试图融入，却还是形单影只；我就像一座远离同学们的小岛。此时，当我陷入执念时，八九个同学，有男有女，正站在一旁静静地看着那把轮椅。此后我常常想起这一刻，每次想起，我都清楚地记得，当时的恐慌完全是一种生理反应。我的胃里翻江倒海，羞得满脸通红。鸦雀无声的寂静中，人们等着我做出反应。男孩子们抓住那椅子，在酒店外的马路上把它嗖嗖地推来推去。他们表演车轮平衡特技，让彼此坐上轮椅转来转去，最后这件事产生了多米诺骨牌效应：每个人都想试试。我们对他人的判断常常是错的。我们揣测别人，做出预设。那把轮椅成了滑稽道具，而我也并没有成为嘲笑的对象。就在法国的阳光下，我们都笑了，我爱他们的善良。它比祈祷更有意义。

水的重量

　　1858 年，当圣母马利亚向贝尔纳黛特显灵时，她透露说卢尔德地下有泉水。据说那水有治愈疾病的能力，便被灌入了当地著名的浴场。浴场坐落于一处形似洞穴的岩石结构内，由身体强健的妇女们管理，她们引导过成千上万怀揣希望的访客沐浴泉水。我们排着队，轮到我时，我进入了一个幽暗的房间。一个女人指引我脱下衣服，为我的身体裹上一块湿漉漉的白布。她问我不用拐杖还能不能走路，我回答说短距离内暂无困难。浴缸像一个大型石槽，与那岩洞一样形似子宫：这种空间充满力量，不论是肉身的或是石头做的子宫。一级台阶之下，我被缓缓放入水中。那种寒冷——那冰冷刺骨的感觉——震撼了我。在那几乎没有光线的房间里，几个女人用强壮的手臂缓缓把我从前往后浸入水中。我沉浸在我全部的祷告和希望中，一时间，泉水的冰凉让一切消失殆尽。我想让它渗入我的骨头，让我焕然一新。数月以来，我一直想象着会有何感受，但仪式已经结束了。我身上很快就干了。除了因寒冷而留下的紫斑，一切照旧。

　　天黑过后，大雨滂沱，雨水沿着山路倾泻而下。每天晚上都有一支点着火炬的祈祷队伍，数千人手持纤如细茎的蜡烛。白纸包着的蜡上印有蓝墨水画的马利亚小像。考虑到天气和地形的原因，一位老师建议我把拐杖换成轮椅，方便我手持蜡烛。火焰在雨中嘶嘶作响，队伍围绕着大教堂蜿蜒而行，人们喃喃念诵着祷语，手中拨弄着玫瑰念珠。气氛阴沉，但使人宽慰。而身处这群信徒之中，我的信念动摇了：自我到达此地以来第一次——就在圣水浴几小时后——我不再相信自己身上会发生奇迹了。

自深深处

旅行的最后一天，我们来到岩洞的大厅做晨间弥撒。数以百计的朝圣者聚集一堂，他们罹患的疾病种类也令人震撼。照料者陪护着病重之人；成年子女陪同体弱的父母；一位老师推着我的轮椅，我们要寻找可供停留之地。一名工作人员走向我们，飞快地说着法语，但我听不懂。他抓住轮椅把手，将我推向人群前方，在那里排队的都是不能动弹和身患重病的人，不仅有人坐在轮椅里，还有人躺在床上。有的人输着氧气，蜷缩成一团——看不出性别——连坐都坐不起来。那名工作人员把我安排在一个坐轮椅的人旁边，那人的头部绑了一个金属支架。他除了偶尔抽搐一下，几乎一动不动。他嘴边淌着口水，我想跟他说点什么，却做不到。我前面还有一个男人躺在医用病床上，看上去要么六十岁，要么九十岁。他瘦小的躯体被盖得严严实实，手部骨骼的纹路就像金银细丝。他的皮肤有瘀伤，静脉都肿起来了，我认出那是采血师找静脉血管时留下的痕迹。毛毯之下只是一具几乎快没了的空壳。

十三岁时，我还不了解死亡，但我能感觉到它的存在。它使天空晦暗无光。我不想看这些人，但我确实看了。我看到骨骼损坏了、心脏在减速、人们困囿于自己的身体：一个曾经活泼泼降临到世上的存在，生机勃勃、情感丰沛，充盈着生命的搏动。但我的恐惧被别的东西压倒了，一种更强烈的东西：我自觉是个冒牌货，带着我那微不足道的粉笔骨头。我身后的女人开始呜咽，起初很轻柔，后来更大声了，最后她的哭声淹没了礼拜仪式。弥撒持续了很长时间，而我的注意力都在人们此起彼伏的反应上。人们要么哭泣，要么静静躺在他们的床垫上。在岩洞的阴影中，我知道我要回家了，我将和我的缺陷共生；手术后的骨头将支撑我度过未来的岁月。就在那雾霭沉沉的法国天空下，我对此心生感激。

苦难之路 [1]

两周后，我回到医院做骨盆 X 光检查。医生宣布，我的骨头已急剧恶化，可能需要做一个大手术。我在绝望

1　苦难之路（Via Dolorosa）是位于耶路撒冷老城的一条路，据称当年耶稣正是沿着这条路走向受难的刑场，因此而得名。

之中，勉力集中精神准备迎接复杂的手术，不去想自己即将错过更多的校园时光，度过缓慢的复苏周期，还得忍受那种无聊。如今，关节融合术作为一种矫形固定术，只适用于马了——我想象人们刷洗酋长们拥有的纯种马，给它们喂食消炎药。这是缓解疼痛的终极手段，须用金属条和螺丝把髋关节的球窝关节接在一起。若要完全愈合，骨头需巩固逾十周，这期间都要用髋人字石膏固定。石膏覆盖了我身体的三分之二，包裹了从胸骨到脚趾尖的部分，需要两个人才能帮我翻身。那是属于黄疸病人皮肤的米黄色；数层网状织物叠在一起，沉如铁锚。在十周的禁闭中，我不得不使用床上便盆，还（偷偷）学会了趁我父母不在时，将那石棺般的重物丢下床。渐渐地，我的骨头紧紧连在了一起，我可以进行极小幅度的活动，我的那条腿也更短了些。我的骨头牢牢固定了二十年，直到两次相隔十六个月的妊娠像一颗炸弹在我骨头里爆炸。

刀锋旋转，在劫难逃

我禁闭在石膏里十周后（我是我自己的雪花石膏塑像），一位医生试图用锯子把它取下来。刀片接触到了皮肤，我尽量不去想石膏底下发生的事。这疼痛类似于灼伤，热气持续扩散。我把这种感觉告诉这位骨科医生——我从未见过的这个人——而他的回应，我已在男医生身上见怪不怪：他说是我反应过度了。一把飞速旋转的刀片正剜进我的肉里，而我却必须保持冷静。屋里回荡着我的尖叫声。我就像腹语者，将痛苦掷得满屋狼藉。

我的妈妈哭了起来，这时医生要求她离开房间。

刀片以它自己的节奏割啊割啊。这个男人还在催促它，就像呼唤一匹赛马。十五分钟后，我祈求他停下来，他也终于放弃了，明显感到恼火。第二天在手术室里，石膏就像雕刻家的模具那样被切开了。就在石膏底下，有死皮和新的伤疤：翻开的、锯齿状的伤口，两条腿上都有，如同断裂的边饰。在它们周围，我的皮肤仿佛被晒黑了，但那只是数周的死皮层叠在一起的结果。那天晚上，我的腿肿了，护士用绷带帮我包扎起来。每逢换绷带，便会撕开新的痂疤，伤口又开始流血。二十多年后的今天，我的大腿和膝盖上仍然保留着六条幽灵一样的疤痕。粉红而凶猛的纵向线条，诉说着一个故事。

髋部和造物者

第二次怀孕时，我的髋部终于无可挽回地恶化了，但一位外科医生企图敷衍地解释这疼痛："无非是产后抑郁罢了。"我最终说服了一位医生，要消除这种无休无止的疼痛，唯一的办法是全髋关节置换术。我能获准做这场手术，仿佛是得到了一次特殊待遇而非身体必要。需要恳求和劝说才能证明我值得医疗干预，这是多么熟悉的感觉。我的身体不应是一个问号，疼痛也不容谈判。

2010 年，我接受了全髋关节置换术，当时我的孩子们还很年幼。自那之后，二十年来第一次，我终于可以交叉双腿、骑自行车了。在机场过安检时，检测仪会发出警报声。我逐渐把自己身体里的全部金属视作人造的星星，它们在皮肤底下闪闪发光，一个由新旧金属组成的星群。那是一张地图，追踪着生命的连接之处，指引我从不同的角度看待事物。经过多年的医学治疗后，我身上的伤疤多达两位数，它们也构成了熟悉的图景。关节可以置换，器官可以移植，血液可以注入，但我们生命的故事仍然是关于这个身体的故事。不论是病痛还是心碎，我们都生活在同一张皮囊底下，知晓它的脆弱，同时与死亡搏斗。手术会留下伤疤；身体的疤痕标记着人遭遇痛苦的真实经历。我想到我的孩子们，希望他们的生命可以与这些时刻绝缘，希望隔代遗传饶过他们，让他们比我更健康。

有时我想象自己置身于卢尔德，用我那陶瓷和钛做成的关节走在山路上。用我已放弃信仰的、不信服的眼睛观赏岩石和信仰的痕迹，还有那让我害怕的岩洞。

而我的确相信。不是相信神，也不是相信岩洞或圣人遗迹，而是相信语言、人类，还有音乐。我们的身体用它自己的圣洁驱策我们度过此生。

遗迹和骨头。

圣杯和关节窝。

洞穴和子宫。

走神的时候，克里斯廷·赫什[1]的歌经常从我脑海里蹦出来。这些歌词像船桨一样在我心里翻来覆去，背得滚瓜烂熟；我用它们为我的孩子们催眠。

我们有髋部和造物者

我们玩得很开心

它们让我一直跳舞

最后一切都好了

的确都好了。有那么一天，疼痛消失了，要么是阳光明媚，要么是我好奇的孩子们正询问我身上疤痕的来历。我向他们讲述我的幸运，为事情没有变得更糟而感恩。无眠的夜晚和住院的日子；等待检查和希望不必定期检查的渴念；纯粹的无聊和疾病的自我意识：我就是所有这些事物的集合。没有这些经历，我不会成为如今捡起这些碎片，还想在纸上重新塑造它们的人。如果我侥幸没有这些麻烦的骨头，我会彻底成为另外一个人。另一个自我，一张完全不同的地图。

1　克里斯廷·赫什（Kristin Hersh，1966— ），美国歌手、词曲创作人。

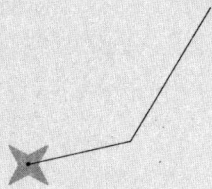

Hair

头发

20 世纪 80 年代，几乎我认识的每个六岁的女孩都跟我一样留着平凡的棕色长发。有一套完整的词汇来形容这类颜色，但我的发色经常被称为"鼠灰褐色"，这使我联想到胆怯，联想到树篱里的老鼠。一位女同学告诉我一个绝妙的神奇秘密：只要编好辫子，留着它过一夜，第二天早上你就会拥有光彩照人的头发。我为这个点子着迷，把我的头发紧紧扎成辫子，蒙上毯子睡觉。那份期待和张牙舞爪的兴奋，意味着我第一个晚上难以合眼。这些发结硌得人无法入睡。我告诉自己：那也很值得。我已在幻想一个焕然如新的我。第二天我醒得很早，拿起母亲的折叠梳，那是一把有着蓝红相间手柄的非洲梳子，我不知它是怎么到我母亲手里的。不知那是一件礼物，还是她一时冲动在药妆店柜台买的。我们母女都拥有细细的发丝，这个工具似乎是多余的。我解开发圈，开始梳头，像拆一团羊毛一样梳理头发。

就这样：我是高塔外的长发公主[1]，我那时才六岁，便已对王子怀着喜忧参半的心情。我想起来了：《流行音乐之巅》[2] 播放过一段凯特·布什[3]的视频，彪悍的她留着一头浓密的红棕色头发，这也是她的秉性和能量的重要部分。我站在梳妆台边缘斑驳的镜子前，松开辫子。我凝视着那波浪，那头发的海洋。在此后的岁月里，每当我听见大卫·鲍伊的《火星生活》和其中这句"鼠灰褐色头发的女孩"（"the girl with the mousy hair"），我都会想起很久以前的发辫和那面旧镜子，想起亲手在自己的头发上编织过一个咒语，想起我们能在一夜之间通过一个举动改变自己。

几个月后，我心血来潮地告诉妈妈，我要剪掉头发。理发师是我的姑姑，她住在排屋里，专给人剪头发——只给女人剪，从不给男人剪——就在她家的厨房。她总是妆容完美，唇彩斑斓，涂抹黑色的眼影，精心挑染头发。不到一个小时，鼠灰褐色的头发就大片大片地散落在她的亚麻油毡上。我立即后悔了，后来一直恳求母亲让我把头发蓄长。她拒绝了，说短发"更容易打理"。我的姑

1　长发公主（Rapunzel）是《格林童话》中《莴苣姑娘》这一童话故事的主人公。她因为自己长长的头发遇见了王子，二人历经磨难后幸福地生活在一起。

2　英国广播公司播出的一档流行音乐节目，这档节目开设于1964年1月1日，于2006年8月1日停播。

3　凯特·布什（Kate Bush，1958— ），英国歌手、唱片制作人。

姑认为这是一种齐肩内扣式发型，每次我们回来修理时，我妈妈都一边翻着杂志，一边告诉她要剪成戴安娜王妃的发型。我开始想念我的头发，想念它掠过我肩膀的感觉。再也不能晚上编好辫子，醒来时头发变得好似退潮后皱皱的沙滩。我去利物浦参加一位亲人的婚礼，途中，一个男人误认为我是男孩，叫我小伙子。我哭了好几个小时。我的教母一直留着短发，她安慰了我。我的第一本精装书就是她送的，用红色仿皮装订，上面有压凹的金色字体。我读完了路易莎·梅·奥尔科特的这本《小妇人》，但不能彻底理解其全部内容。书里的女孩们既独特又相似。她们牢固亲密的友谊使我想要离开80年代的都柏林郊区，搬到他们19世纪的世界里去。而乔——想必是《小妇人》里最受喜爱的人物吧？——做了一件让我对她更加钦佩的事。

乔一边说着，一边脱下了帽子，大家都不由得惊叫起来，因为她那一头丰盈的头发被剪短了。

"你的头发！你漂亮的头发！噢，乔，你怎么能这样？"

她刚剪短头发的样子令人震惊。尽管乔摆出"一副无所谓的神情"，但她显然为剪掉头发而烦心。我当时想：哦，乔！我们是两个剪短了头发的惺惺相惜的灵魂！我们最初阅读的书会对我们产生不可磨灭的影响。这些书里的人物更接近真实的人，他们只是碰巧生活在另一个时空。作为家中唯一的女孩，我羡慕乔和她的姐妹们。她们的亲密关系与我和兄弟们的友谊并无二致，但我没法同他们谈论头发。

由于家里缺钱，乔为了帮助家人而剪去了她"唯一美丽之物"。她做出的牺牲与欧·亨利的《麦琪的礼物》中的故事很相似，头发也是这篇小说的核心。故事里的德拉拥有所有文学作品中最出众的头发：

> [头发]披落在她周围，荡漾着，闪闪发亮，像一片褐色的瀑布。它长及膝盖，几乎成了她的一件衣服。

德拉的动机与乔相似。那是一个平安夜，故事的开场告诉我们，她非常贫穷，只有"一美元八十七美分"。由于迫切期望为丈夫心爱的手表配一条铂金表带，她以二十美元的价格把齐膝的头发卖给了假发制造商。她等待着吉姆下班回家，心里想着："求求您，上帝，请让他觉得我仍然很漂亮。"

吉姆回到家时，他被德拉的举动和变换的容貌震惊了。他表示为了给德拉的头发买昂贵的（但现在已经没用的）玳瑁梳子，自己已经卖掉了珍爱的手表，这时故事的悲剧性加深了。他们各自牺牲了珍贵的物品,这增强了他们的爱,但在此前,德拉确实害怕吉姆因为她缺乏女人味的短发而不喜欢她。"你还像以前那样喜欢我,对吗?没有头发的我还是我,不是吗?"

德拉用外貌来定义自我,尤其是通过她丈夫倾心爱慕的头发。她的身份并不独立存在,而是与她的外表紧密联系着。这个故事发表于 1905 年,当时许多妇女都赋闲在家。德拉在经济上依赖于吉姆,卖掉头发的那天她还在等吉姆下班回家。毫无经济能力的她出售了自己唯一可作为商品之物,而剪头发的行为则可视作一次阉割,或是一次获得力量的行动。我没有德拉那般秀丽的头发,可七岁时剪去头发,一开始还是让我感觉很刺激,直到我渴望它能长回原来的样子。我曾经的装束打扮像男孩子,但从来都意识到自己是女孩。"女性特质"是个抽象的术语,我那时还不懂。

头发是死的。

每一缕鬈曲的、漂染的、束起来的头发,都已安息了。我曾经相信头发会在人死之后继续生长的传说。然而,唯一有生命的部分只存在于头皮下的毛囊结构中。头发、阴毛和腋毛统称为"末端毛",我觉得这听着要么像是瞎编的,要么十分恰当。角蛋白,即构成这些毛发的基础蛋白质，与构成动物的蹄、爬行动物的爪、豪猪的刺、鸟类的喙和羽毛的物质相同。从翼尖到分岔的发梢，从球节到额前的鬃毛，我们哺乳动物是一群由多肽链组成的兽类。每一缕毛发都包含了我们血液中流过的每一种成分。记忆是否也存在于此，潜伏在髓质和角质层之间，嵌在每一绺头发里？

不是死的，而是"末端"。千变万化的蛋白质。和血液一样，头发也很难区分是属于男性还是女性，但一直以来，女性却因头发的风格而受到评判。黑白电影里把她们简单粗暴地划分为金发女郎、红发女郎或褐发女郎（这种做法透露着优越感，并且将有色人种和其他种族的人排除在外）。头发长期被用于定义女性的种族、性别和宗教信仰。它把她们变成了妖妇：头发象征着女性气质、生育能力和交媾的可能性这"三巨头"。在波提切利[1]的《维纳斯的诞生》中，根深蒂固地存在着这种冲突。这幅画描绘了维纳斯"出生"时的场景。她被描摹为一个崭新的、没有污点的婴孩，但又表现出已经发育完全的、性感女人的模样。她当然必须把自己的裸体遮盖起来——不是用别的，正是用那一头浓密的鬈发。拉斐尔前派[2]绘画中的女性拥有蓬松、丰盈的秀发，就像但丁·加布里埃尔·罗塞

---

[1] 指桑德罗·波提切利（Sandro Botticelli, 1445—1510），欧洲文艺复兴早期最伟大的佛罗伦萨画派艺术家之一。

[2] 拉斐尔前派（Pre-Raphaelite）是 1848 年在英国兴起的艺术改革运动，其目的是为改变当时的艺术潮流，反对皇家美术学院推崇的以拉斐尔为代表的艺术风格。

蒂[1]的《莉莉丝夫人》(*Lady Lilith*)里的人物一样。根据犹太教的传统，莉莉丝是亚当的第一任妻子，她的名字一直与女魔鬼密切相关（其名字也被译作"夜妖"）。她与亚当同时被创造出来，而不像夏娃是用他的肋骨造出来的。莉莉丝拒绝臣服于亚当，认为自己与他平等，并不比他更次要，所以他们之间的关系恶化了。在罗塞蒂的画中，莉莉丝全神贯注地梳理着浓密的头发，这是诱惑的象征。约翰·埃弗里特·米莱斯[2]画了莎士比亚笔下的奥菲利娅淹死在河中的场景，她的头发成了用于丧礼的裹尸布。如果说蓬松散乱的头发意味着女性存在道德上的问题，那么收束起来并向后扎紧的头发则相反，代表着体面、端庄和顺从。头发作为能指和象征符号反映了社会地位、婚姻状况以及交媾的可能性。

参孙

你的秀发

熠熠闪亮

好比太阳一样

哦它

---

1   但丁·加布里埃尔·罗塞蒂（Dante Gabriel Rossetti，1828—1882），英国诗人、插画师、拉斐尔前派代表画家。

2   约翰·埃弗里特·米莱斯（John Everett Millais，1829—1896），英国画家，拉斐尔前派创始人之一。

要是属于我

就好了

P. J. 哈维[1]发行于 1992 年的专辑《干燥》（*Dry*）中有一首歌叫《头发》。这位歌手让《圣经》里的女人大利拉成为歌中的叙述者，讲述了一则最臭名昭著的关于头发的故事。[2]大利拉是历史上公认的叛徒和堕落的女人，因为她将参孙力量的秘密透露给了非利士人。在哈维的歌中，大利拉明显爱着参孙，也艳羡他的头发——"熠熠闪亮好比太阳一样"。她认识到头发的双重力量——它为真正的力量所占据，又是她觊觎的实在之物。哈维的歌词恳切诉说着，"我的男人／我的男人"，因为大利拉意识到她的背叛意味着无法再拥有他，也不能再拥有他的头发。参孙若没有头发便会被削弱和打败，但失去头发也可能意味着别的。十几岁的时候，我就懂得了，阙如中也存有力量。

沃根理发店是一间老旧的木板房，都柏林如今早已没有这种房子了。一个星期六的下午，十六岁的我下定决

1　指波莉·琼·哈维（Polly Jean Harvey, 1969— ），英国音乐家、作曲家、歌手。

2　在《圣经》中，一名以色列妇人本不能生育，耶和华的使者向她显现，并叮嘱她不可饮酒，不可吃不洁之物，预言她将生一个儿子，但不可用剃刀剃他的头。后来妇人果然得子，这便是参孙。参孙力大无比，他的敌人非利士人便去贿赂他所喜爱的女子大利拉，让她探得参孙何以如此孔武有力，如何能制服他。经不住反复纠缠的参孙最后告诉大利拉："向来人没有用剃刀剃我的头……若剃了我的头发，我的力气就离开我，我便软弱像别人一样。"大利拉向非利士人的首领告密，他们最终用这种方法降伏了参孙。

心，乘公共汽车去了市中心。在昏暗的房间里（另一种类型的候诊室），我站在一些老人中间，排了一个小时的队。轮到我时，我轻轻坐进皮椅，上了年纪的理发师把一件黑色披风围在我的脖子上。他听完我的要求之后摇了摇头。

"我们不为女孩做这种事。"

在其他好奇的顾客注视下，我满脸通红地溜出门，去了另一家理发店。我再次坐到一张皮椅上，接受了围披风的仪式。

"你确定吗，亲爱的？"

"是的。"

"最后再确定一次，剪吗？"

"剪吧。"

收音机调到了 20 世纪 80 年代的热门电台，发出刺耳响亮的声音。剪刀滑过我染过的发根，在我耳边咔嚓作响。他从头发中间向外开工，一开始看起来像日本武士的丁髷。五分钟内，全没了。就像电影《圣女贞德蒙难记》里的玛丽亚·法奥康涅蒂[1]（对于一名 20 世纪 20 年代的女演员来说，为角色剃短自己的头发是什么感受？）。剪短了。在回家的公共汽车上，我戴着一顶帽子抵御二月的严寒，这个短语像大理石一样在我头上滚动。剪短了。我在学校里引起了公愤，被叫去谈话。校方害怕同学们模仿

1　玛丽亚·法奥康涅蒂（Maria Falconetti，1892—1946），法国女演员，因出演《圣女贞德蒙难记》中的贞德而闻名。

我，也会剃短自己的头发。他们询问我的健康状况，还开玩笑说我是希内德·奥康纳[1]，那个礼拜她因为得奖上了电视。随后的几个月里，我经常被误认成她。有个男人非说我去过伦敦的"肮脏麦克纳蒂"小酒馆，和沙恩·麦高恩[2]在一块儿喝酒。每次我剃了头，或者蓄上短短一点发楂儿，总会引起人们的反应，尤其是一些男人。他们大多感到惊恐或困惑；有些人说我的发型很有魅力：但我总得为自己的行为声辩。解释我做了什么，以及为什么这么做。

"你把自己弄成啥样了啊？"

"你和割草机打了一架吗？"

"你是同性恋吗？"

"你为什么要让自己变得没有吸引力？"

"可是……你好像是在自我毁灭。"

"你妈妈怎么说？"

（注意：从来不是"爸爸怎么说"。）

埃默尔·奥图尔在她的著作《女孩就是女孩》中写到了自己年轻时剃光头的事。她概括了其他人对她的全部假想，从她的性取向、交媾的可能性，到她的性格和举止。剃光头也会带来刻板印象，其中很多都与社会性别有关。

1　希内德·奥康纳（Sinéad O'Connor，1966— ），爱尔兰流行歌手、作曲家。她以叛逆、孤傲、我行我素著称，并剃短头发以反抗世俗对女性的刻板印象。

2　沙恩·麦高恩（Shane MacGowan，1957— ），英国歌手、词曲创作人。

我第一次剃光头并不是出于女权主义思想的影响，但它却从此唤醒了我的女权主义意识。因为我发现，如果人们因为我剃光头而断定我具有攻击性，那么他们同样也会认为留长发的我会是消极被动的[……]如果我的短发让人们轻率地将我划分为同性恋者，那么我的长发则会让他们把我归为异性恋者。长发，短发；循规蹈矩，特立独行；阴柔，阳刚：人们一直模式化地依据社会性别来评判我。我看问题的方式忽然变了。

1944 年诺曼底登陆日，在法国，解放的消息传来，人们兴高采烈地上街庆祝。在人群的欢呼声中，一辆卡车停了下来。一些妇女低着头，满脸哀伤与恐惧，被一辆车缓缓载入狭窄的街道。这些女人（其中包括一些为家人觅食的年轻母亲、一名少女、一名性工作者）被指控"横向合作"，即曾与驻法德军交往，甚至有人诞下了德国士兵的孩子。她们被拖到街上，排成一列示众游行。一名英俊、坚定的男子手持一把剃须刀，公开逐一为她们剃去头发。这种惩罚是为剥除她们的女性特质，惩罚其叛国行为，但更多是为惩罚她们表现出的性欲。这些女人被称为"les tondues"（理光头的女人们），源自法语中的"剪去的、被剥夺"之意。不仅在法国，德国也有因为性而受羞辱的妇女，早先爱尔兰独立战争期间也有这样的情况。许多吵闹起哄的人会共同围观的一种惩罚性的厌女行为。

　　我十六岁第一次剃头，自那之后也剃了很多次。一次——很经典——是在分手之后；一次是大学毕业那年的考试期间；还有一次，我耗费精力打理的短发在漂白后，头皮灼烧得厉害。最近一次是在2003年。那次剃头的初衷和方式都不由我做主。那是我唯一一次自己剃头，而且是出于实用而非审美的目的。我患上了一种罕见而凶险的白血病。确诊的第二天就开始化疗，而这只是治疗手段之一，我还需要大剂量地服用一种叫作"伊达比星"（Idarubicin）的药物。我听成了"伊达·鲁比松"（Ida Rubisson），并在脑海里杜撰出一位严厉而慈祥的犹太女族长（她会戴犹太已婚妇女常戴的假发吗？）。并非所有的化疗都会让人掉发（好巧不巧，伊达比星就会让你掉发），但化疗也不会让你像漫画人物那样瞬间秃头。头发不会"咻——"的一下全部消失。你醒来，枕头上有头发。你梳头，头发成团地掉落。你看着它们从头顶滑落，却无能为力。最后我决定把它们都剃掉，主要是因为我的眼睛。不断脱落的头发会刺激我的眼睑，而我的视力本来就已受到药物治疗的影响。我的睫毛至少掉了一半。我的眉毛变细了，却死死不松手。那位友善的印度护士（一般都是叫她来处理塌陷难找的静脉血管，通常总是我的血管）紧张地笑了起来。"你确定吗？"她问道，手里还拿着医用剪刀。那一刻，我又回到了十二年前的理发店。你确定吗？

那也是一个寒冷的日子，同样在二月，但这次我不需要帽子了。医院里的空气闷热，四处漫溢着煮熘的食物和消毒洗手液的味道。站在镜子前，静脉导管从睡衣里伸出来，我开始剃头。一旁的吉塔惊讶地张大嘴巴，反复说着震惊和鼓励的话。我发现她每次设法哄我那损毁得一塌糊涂的血管放血时也会这样。三分钟后，花了大价钱挑染的 T 形染发造型就不见了。我掸掉肩膀上的头发，推着点滴架回到我那间装了两扇气闸门的隔离室。大多数白血病人都需要进行骨髓移植。我不需要，因为我的身体恢复了，对治疗的反应很快。我发现头发是生长速度仅次于骨髓的身体组织。

20 世纪 80 年代在我姑姑家的厨房，90 年代在都柏林的一家理发店，21 世纪初在一家白血病专科医院，我都是这样凝视着剪掉的头发。一绺绺鬈曲的发丝像地板上的问号。

我读到菲茨杰拉德的《伯妮丝剪头发》（"Bernice Bobs Her Hair"）时，这些时光就会重新浮现。这篇小说首次发表于 1920 年，讲述了威斯康星州的一个腼腆朴素的女孩去和她美丽的表姐玛乔丽同住的故事。伯妮丝既无趣又缺乏社交技巧，很快就让玛乔丽感到厌倦。她们吵架了（巧得很，伯妮丝还因为引用《小妇人》里的话受到玛乔丽的训斥），但最终两人达成一致，玛乔丽负责将伯妮丝训练成一个充满魅力、受欢迎的人。伯妮丝学得很快，她发现魅力和莽撞能引起人们的关注。她排练了一系列的台词，新近发现的智慧就蕴藏其中，包括一次卖弄风情地提出要剪短头发。

> "你瞧，我想成为一个社交吸血鬼。"她冷淡地宣布 [……]
>
> "你觉得短发可以让你成功？" G. 里斯问道 [……]
>
> "我认为这是不道德的，"伯妮丝严肃地说，"但是，你要么得逗别人开心，要么得满足他们，要么让他们大吃一惊。"

沃伦追求玛乔丽很久了，可玛乔丽的态度暧昧不清，于是他开始对伯妮丝产生兴趣。玛乔丽意识到是自己亲手打造了这个轻浮的怪物，决定收拾自己的表妹。她说伯妮丝虚张声势，使其不得不当着一群震惊的人的面，在理发店里剪掉了自己珍爱的长发。

> 伯妮丝什么也看不见，什么也听不见。她唯一剩

下的一点知觉告诉自己，这个穿白色大褂的男人先取下了一把龟壳梳子，接着取下了另外一把；他的手指笨拙地摸索着不熟悉的发夹；她的头发，她那美丽的头发，就要消失了——她将再也感受不到它垂在背后释出深褐色的光辉，以及那长长的、妖娆的飘逸感了。

就跟《麦琪的礼物》中的德拉一样，伯妮丝不能再使用她的龟壳梳子了。在谢莉·杜瓦尔出演的1976年电影版本中，她的头发不是棕色的，而是金红色，梳得很别致，还配上了一只粉红色的绸缎蝴蝶结。在理发店里那关键的一幕，伯妮丝知道自己不能退缩。她坐了下来（我也仿佛再次置身于沃根理发店中，陷进深色的皮椅里），理发师告诉她："我从来没有剪过女人的头发。"

当他开始剪的时候，镜头移到了沙龙里的沃伦、玛乔丽，以及她召集来的"朋友们"的脸上。镜头没有让我们看到真正剪发时的恐怖，但人群的脸告诉了我们一切。神圣喜剧乐队的尼尔·汉农在一首歌里总结了伯妮丝经历这场磨难之后的反应："镜子说她错了／她的心快要碎了。"

伯妮丝改变的不仅仅是外表。玛乔丽鼓舞士气的谈话和调情课让她学会了狡黠和大胆。回到威斯康星州之前，伯妮丝趁玛乔丽睡觉时，在黑暗中剪掉她的辫子，完成了《圣经》中大利拉式的报复。

老照片展示了变迁的时尚潮流，展示了我做的关于头发的正确和错误的决定。不可原谅的"大波浪"鬈发，这确认无误是我的 80 年代，我尝试了青少年常用染料色谱中的粉色、蓝色和漂白色。发型、长度和发色就是定格在琥珀中的时间。自从夜晚扎辫子事件以来，我就再没留过特别长的长发了。小时候，我曾用编织的毛线和围巾假充长发。我渴望别人齐腰的头发，倾慕它们的光泽。我曾拥有过一顶真正的、格外昂贵逼真的假发。它有着黝黑、丝滑、簇新的人造发丝。那本该是一件难以忘记的、真实可触的物品，可我只记得与之有关的一件事情。

化疗期间，病人会"遗失"头发。这已经成了一种令人腻烦的委婉说辞——没有人会像弄丢钥匙或眼镜那样把头发放错地方。它是自己掉光的，而很多医疗保险公司都会支付假发的费用。在电话里，一位好心的女士按步骤逐一向我说明应当如何申请，并表示高端假发也被视作"假肢"——"就像人的腿一样"。我想起了弗里达·卡罗[1]那只精致的红靴子[2]，想起了"一战"中截肢的人和他们的幻肢，因为他们确信，失去的四肢的骨头和肉还在。

---

[1] 弗里达·卡罗（Frida Kahlo，1907—1954），20 世纪墨西哥最受欢迎的女画家。她六岁时罹患小儿麻痹症，致使右腿萎缩；十八岁时因一场严重车祸，铁条几乎刺穿她的腹部，身体多处粉碎性骨折，丧失了生育能力。但她顽强地生存下来，开始画画，并取得了极大的艺术成就。

[2] 弗里达·卡罗死后，其丈夫不允许任何人打开她的衣柜。一直到她丈夫也去世后，她的遗物才被公之于众，其中有一只她自己的假肢，其上穿戴着精致的红色高跟靴。

病后，我从不觉得自己正在掉头发。我没想过前一天我的头发还满满当当堆在头上，不管是喷了定型剂还是像蜂窝一样乱糟糟的，第二天它们就能不翼而飞。医疗保险的客服代表推荐了一位专业理发师给我。在咨询过程中，他用安抚的语调说话，因为他已经习惯和那些由于失去头发而远比我更受打击的女性交谈。大多数人选择复制他们过去的发型，做成患癌症后的假发套。我不想那样。我想要不一样的东西，和这一切发生之前的我有所不同的东西。我选了一顶又长又黑的假发，理发师充满爱心地把假发修剪好，仿佛它是真发一样。

尽管他如此认真对待，我记得只戴过一次。数周以来，我都用纸巾把它包好，放在一个盒子里。当我告诉最好的朋友我正在写这个主题时——这页纸上的这些文字让我回到过去，回到书本里，回到理发店，回到艺术和医院里——她给我讲了一个关于这顶假发的故事。她说起我出院几周后的一个夜晚。那是一个星期五的晚上，我们一群人在一个昏暗的地下活动场地聚会。那时候酒吧里还能吸烟，烟雾缭绕，不太透气。那是某人的生日（她印象中是这样），要么就是某个朋友的乐队在演出（我印象中是这样）。她走进来的时候，看到我在房间的另一头，戴着这顶昂贵的假发，她形容这顶假发"又长又黑，而且很性感"。

"你看上去就像一个正接待成批崇拜者的虚弱的小

妞。每个人都走到你跟前祝你早日康复，而且你对他们也很感兴趣。我至今仍清楚地记得，当时看着你和那顶假发，我是什么感觉，记得我是如何热泪盈眶。我只能离开，这样我就不会在你面前哭了。"

我不记得这个夜晚，也不记得戴着这顶假发的其他夜晚，更不记得蓄着长发或长发的模拟物的感觉；不记得自孩提时代以来，长发第一次落在我的背上是什么感觉。我知道我们的大脑会选择性地归档疾病或悲痛所带来的创伤，但为什么假发也会遭遇审查呢？在我朋友的故事里，我知道那个聚会地点，也知道有哪些人在场，但在我自己的脑海里，我却完全不在那里。病后，在社交场合，我说过很多话，用问题和独白填满了大多数交流，这样我就不必谈论我的感受或医生说过的话。那晚过后不久，假发就丢了。七百欧元的柔顺的假发消失了，我不知道它是怎么消失的，也不知道它在哪里。它的消失使它变成了某种象征。一个民间故事中的符号，一个在我需要的时候短暂进入过我生活的东西，任务完成后便立即消失。或者，它安然无恙地待在某个地方，被小心地包裹起来了，这顶只戴过一次的东西。

那个有着一头鼠灰褐色头发的女孩早就不见了，但在我生命中还有一位。大多数日子里，我都要尽力完成人类已知的最棘手的任务之一——每天早晨给一个要去上学的不情愿的小女孩梳头。为了缓解这场梳子和发结的战斗，我不得不想出一个策略。一个分散注意力的办法。这不是忍者的秘密行动，不是贿赂，也不是全面爆发的战争（我又想起了武士的丁髷）。

我用的是语言。还有音乐。

我女儿喜欢唱歌，也经常让我教她唱。我在脑中翻来拣去，疯狂查找合唱曲或歌谣，零零碎碎的曲子。我找到了民谣和流行歌曲、爱尔兰语歌曲。披头士乐队的曲子和我们一起看过的电影的原声配乐。我一边给她梳头，一边全力应对，每起一个新的调子，就消灭一个发结。我抓起一把她那甜香的头发——我在她这么大的时候，与她的发色一模一样——但我拒绝称其为"鼠灰褐色"。

我的头发。她的头发。我。她。我们。

哼一首歌——我们从蓝草音乐唱到泰勒·斯威夫特的歌——我把她柔软的头发卷在梳子的齿上。我给她讲起夜晚的辫子和清晨的发海，波浪般的发卷就像潮水退去后的沙滩。

60,000 Miles of Blood

六万英里的血

A+

那是一月：漆黑的早晨，结霜的山丘，冰冷的气息。

那是一月：一年的朝气堆积起来；一座雪堆。

那是一月：六个月前的今天，我们结婚了。

那是一月：我们的生活永远地改变了。

1891 年，卡尔·兰德斯坦纳[1]发表了一篇研究饮食和营养对血液影响的论文。这位出生于维也纳的科学家对抗体很感兴趣，他最著名的成就是发现了脊髓灰质炎病毒。他的血液研究检验了"输血可能因为凝集（即红细胞粘黏在一起）而产生致命后果"的观点。1900 年，兰德斯坦

1　卡尔·兰德斯坦纳（Karl Landsteiner，1868—1943），奥地利医学家、生理学家，1930 年获诺贝尔生理学或医学奖。

纳的研究还发现了红细胞破坏与免疫系统之间的联系，促成了 20 世纪最重要的医学发现之一：血型。最初他用 A 型、B 型和 C 型（我们现在称之为"O 型"）进行识别区分，这三个字母表示抗原（一种人体外的物质，能刺激抗体的产生）是否存在。在兰德斯坦纳最初的发现过去两年后，他的两位维也纳同事鉴定出一种较为罕见的 AB 血型。1907 年，捷克科学家扬·扬斯基分离出了所有的血型，并用罗马数字进行标记。如果没有这些系统，输血过程中的死亡率会更高，而"所有人类的血液都一样"这一无人质疑的观点也会一直存在。

大多数人一辈子都不知道自己是什么血型。除非他们需要做手术或生孩子，否则个人可能永远不会发现。我是 A+ 型血，直到我二十多岁，医生告诉我有问题的时候，我才知道这个事实。许多年前，在童年时就诊的医院走廊里，我听到一个男人的脚步声就会充满恐惧。采血师——从病人身上采血的医护人员——会走近我，在我的手臂上找一条表现较好的静脉血管。我二十多岁时，去医院采血遇到的那个采血师高得令人难以置信，头发也乱蓬蓬的；我妈妈说他长得像弗兰肯斯坦[1]。跟我那时遇到的许多医生一样，他不怎么说话，但他至少在我询问时，提供了我是 A+ 型血的信息。

1　英国作家玛丽·雪莱（Mary Shelley，1797—1851）创作的同名长篇小说中的主人公，其身材高大、相貌丑陋。

人们很容易对这种物质感到好奇：它的必不可少，它在身体内部安静而谦逊的流动方式。我喜欢像别人询问最喜欢的书或专辑那样，随意询问人们的血型。在我康复的几年后，我被邀请到一个有着上千名献血者的房间里演讲，他们聚集在一场晚宴上，因为捐献了数千个单位的血液而受到表彰。为了对他们所有人的善良表达敬畏，我讲述了我的故事，告诉他们，若没有他们的帮助，我今天不会活着站在这里。捐献血液到一定额度的人被授予奖章。是什么促使一个人付出时间和热血，只是为了某个他永远不会遇见的人？

对我来说，在我们所有的体液中，血液是最令人着迷，也是最为复杂的。它在艺术、性、精神和血统等方面有着鲜明的内涵。历史上满是关于鲜血的故事，关于牺牲和战争，关于医学和神话。公元前 5 世纪，希罗多德[1]写道，斯基泰人会喝掉敌人的血，把他们的头骨当作酒杯。在古罗马，人们认为喝死去的角斗士的血可以治愈癫痫。血已经流畅而坚决地渗入我们的语言和词源：冷血杀手或热血情人；鲜血魔法和血钻；血月，血雨，血欲。人们一再说，血浓于水。它顺应自己的方向性规则，在静脉和动脉中沿一条迂回的路线游走。每天，心脏会向我们的身体输送 7500 升的血液。它占我们 7% 的体重，分布在我们

---

[1] 希罗多德（Herodotus，约前 484—约前 425），古希腊历史学家，代表作为《历史》一书。

的每一个部位，从指尖到头皮，以及皮肤的每一条褶纹之中。乳腺癌、断肢、肝硬化都是局部疾病，血液病则是全身性的问题。无法锚定位置，总在迁徙——血液是它自己的"离散"[1]。身体没有哪个部位是它够不着的。一位擅长处理塌陷静脉的护士常常会取我的"外周血"，即从手臂上抽取而不是从静脉置管中抽取的血。"外周"让我想到身体的边缘，让我将皮肤想象成边境墙。

当血液被召唤到特定部位的时候，最能彰显其物质性的存在：一处伤口、一次脸红，或一次勃起。被心脏派遣到受伤、恐慌和兴奋的地方。当它伴随着两性的性刺激时，"膨胀"——一个光荣、崇高却未被充分使用的词——一般仅用于指涉男性生殖器。而血液不只是红色的液体，不只是含氧燃料，而是由血小板、白细胞、血浆和中性粒细胞组成的复杂化合物。血液像我们体内流淌的河流及其分支，在器官上、韧带下和骨骼周围交错形成三角洲。但血液不会攀上山脉或流向大海。它就在我们体内不停循环，即便在睡眠、麻痹和昏迷状态下也是如此。

献血是罕见但并不复杂的无私善举。是花时间去诊所让护士放血的仪式。爱尔兰输血服务中心把血液、血小板和血浆统称为"血液制品"：这种奇怪的消费主义语言竟用于形容与交易规则不沾边的行为。献血者无法获得金

1　离散（diaspora），文化名词，原指流散于世界各地，却又心系家园的犹太人，后延伸指背井离乡者。

钱上的好处，甚至得不到一封感谢信。献血者和受捐者彼此之间必须匿名，尽管如此，我仍然对输给我的血液感到好奇。手术后、产后和化疗中，我接受了大约150个单位的血液。一个单位就是一个袋，每袋470毫升，所以几乎有70 500毫升别人的血液被输入到我的身体。献血者是一支无私利他的军队，他们中没人知道谁将得到自己的血；而他们的一部分现在是我的一部分。

早在输血技术出现之前，医生会采用另外一种静脉治疗方法。不是输血，而是放血。1799年，乔治·华盛顿在去世前几个小时，被放了5品脱[1]的血，莫扎特则同意用这种方法来治疗他的风湿热。过去的理发师除了理发还会放血，理发店传统标识柱[2]上的红色和白色条纹分别代表血液和绷带。我以前不知道手术中会失血多少，直到我自己做了多次手术。躺在剖宫产的手术台上，光是喷涌的血量就令人震惊。后来，我丈夫说那场景看起来像谋杀现场。

血液如此容易涌出，但仍然是一种商品：血液是有市场价值的。1998至2003年间，爱尔兰的血液价格涨了两倍。在美国，初创公司安布罗西亚采集二十五岁以下的人的血，而六十岁以上的富人输一次年轻人的血液要支付八千多美元。跨人类学家对所谓的"异种共生"（parabiosis）

1　1美制湿量品脱约合473毫升。

2　传统上，理发店门口通常竖有红白条纹相间的柱状标识。

很感兴趣（这种技术始于几十年前，即将老鼠的血管系统缝合在一起）。传闻亿万富翁企业家彼得·锡尔输了别人的血，并为这一过程的研究提供资金支持。当然，只有非常富有、想要长生不老的人拥有这项选择。

在体表任何地方扎一个孔，立刻就能召唤出你的血。我想到自己身上每一处切口深长的切痕——被自行车撞倒后血迹斑斑的双腿，十几岁时刮腿毛留下的痕迹，被石头砸中脑袋留下的红色小伤口。我被车撞时没有流过血，我也没有因为意外割伤而到需要缝合的地步。血小板将皮肤重新缝合在一起，汇聚在一个口子上，实际上是它们堵住了伤口。血液帮助身体修复自我，然而，就像其他东西一样，它也是有价格的，具有一种市场价值。

A-

如果你把一个成年人体内所有的血管（静脉、动脉和毛细血管）连起来拉成一条线，长度据说有六万英里。敲出这些文字，手指按下按键，浅色的皮肤上呈现出肌腱的运动，但我更为注意青色的血管。每一条纤细的"溪流"都是血液的使者，默默地工作着。这些年来，每次手术前，或是肘部的静脉像煤矿隧道一样塌陷时，我的手臂上都会插几根管子。每一回，采血师都会说点什么提示我做好准备，但从来都没说对过，他们对接下来的感觉描述很不准确。他们说："你会有刮擦或划伤的感觉。"其实都不对。

快三十岁的时候，我和丈夫结婚前六个月的一天，在一个寒冷、晴朗的一月早晨，我发现自己在一辆救护车上。一名医护人员扶我站直，因为坐于或卧于担架上都太疼了。后来，在医院的嘈杂和混乱中，我被告知，我的血液里潜伏着令人担忧的东西。当我发现右腿不能承受任何重量时，才觉察出不对劲。我以为是肌肉拉伤，于是尝试了拉伸并使用紧绷带。抽搐和灼热感依然在持续，一位医生把我送到了急诊室，我在那小房间的一辆推车上等候，旁边有两位老人。我等了整整七十二个小时，现在想来十分后怕，因为最终的诊断结果是深静脉血栓。我小腿静脉里的血液流动已经慢下来，凝结成块了。

一位医生推测这情况是由避孕药引起的，于是为我施用了大量抗凝血剂。此后，我每周都去一家华法林诊所，和一群老太太一块儿坐在一个不通风的房间里。我在一片烫过的银色发海里最年轻，比她们小几十岁。华法林是一款面向大众市场的血液抗凝药，有三个等级的效力和颜色：粉色的最强，其次是蓝色，然后是棕色。服用一把粉红药片意味着血液黏稠度近似糖浆。不论我选择什么颜色，在彩虹般的组合服药后，我凝血水平的变化幅度只是像掠过水面的石子那样轻微弹跳。我的肺部持续传来咳嗽，有一天我醒来，发现腿上布满黑色的淤青。不是一点点，而是二十多个圆形的瘀斑。不是由创伤造成的，所以不疼——我现在知道这种情况叫"瘀斑"，源自现代拉丁文的"*ecchymosis*"和希腊语中的"*ekkhumosis*"，意为"涌出"。皮肤底下的血管渗出血，造成了这些淤青。这颜色吓坏了我。它看上去根本不像寻常的淤青，而是夜空黑、紫、池塘绿。一切都感觉不祥。夜间我不断因盗汗醒来，觉得还会有更糟的事情发生。我怎么了？

关于疾病，总是有一种"之前"和"之后"的区分。之前，一切都是光明的，平稳的，而且是正常的——"正常"这个词在疾病面前失去了所有的意义。"之前"的最后时刻，即将揭晓坏消息降临的时刻，一位血液科医生——友善、金发，和我差不多年纪——用了"爆破"（blast）这个词。她用这个词不是开玩笑，不是指《星球大战》里的枪声，也不是指一阵风把你劈成两半，而是在说原始粒细胞（myeloblasts），即从骨髓中溢出的不成熟的白细胞。这是个新词，在医学语境下足以使我的神经元突触兴奋，刺激我做好准备。我当时还不知道"爆破程度"——骨髓中存在超过 20% 的原始粒细胞——是血癌的明显指标。我摸索着答案，小心翼翼地探索这片陌生而可怕的水域。血液科医生周密谨慎，最终承认我的骨髓有问题。"就像白血病？"我问。那一刻，我不知道怎么就问出了这个问题，也不知道我是如何从骨髓联想到了癌症，但在这片"之前"的土地上，我又能知道些什么呢？

作为一个没有被确诊的病人，就是处于一种持续的恐惧状态中，等待着揭晓答案。提出一个大胆的猜测，是在尝试估算，或者加速发现真相。那个星期天，我都像是在掂量关于我身体的事实。

黑色的瘀伤、盗汗和胸部起伏的剧烈咳嗽肯定是从某个地方来的。我花了几个星期才意识到我当时为何会有这种恐慌的猜测。20世纪80年代末，我十几岁的时候，我母亲的朋友被确诊了白血病。我听到她们谈论她的癌症时，用到了"骨髓"这个词。她患病期间就在都柏林这家我所在的医院接受治疗。血液科病房在一幢旧楼里，我确诊的早期也去那里接受过治疗，所有血液方面的疾病都是在那里诊治的。在她所住楼层的另一个病房里，住着爱尔兰电视节目主持人文森特·汉利。我曾经虔诚地看过他的音乐节目《美国音乐电视》。他播放《音乐不停歇》的MV之后，我就认识了发电站乐队。我及时把它录了下来，郑重其事地把电视上的机器人画面拿给一个朋友看，观察她的反应。我当时十二岁，立即成了他们的忠实粉丝。

汉利从一家私人医院转到了圣詹姆斯医院，由一个非常注意保护他隐私的团队照料。爱尔兰的第一批艾滋病病例是在20世纪80年代初发现的，其中许多人是血友病患者，他们接受了被污染的凝血因子VIII和凝血因子IX，也就是帮助正常凝血的合成血液制品。性工作者、静脉注射吸毒者和男同性恋者也被诊断出来，随之而来的是艾滋病的污名化。1987年，新闻界已经在猜测，身为同性恋者的汉利是因艾滋病而气息奄奄的。

生病的最初几个月里，我在那幢旧楼的一楼度过了许多诊治的时光。我经常想起我母亲的朋友，1992年她死于白血病；还想起汉利，1987年他刚满三十三岁便死于艾滋病相关疾病。走廊里沉闷无光，门框上沉积的旧日光泽使人回到了20世纪50年代。如今，我把走廊边那些乏味的房间与逐渐增加的坏消息联系起来：各种感染以及一个大血肿。候诊室有很高的天花板，它的舷窗使人们希望可以扬帆离开这里，或者已经远远地漂泊在海洋上。人们希望自己待在除此之外的任何地方。

我小腿上的血块扩散又破裂，像一个无赖的登山者一样爬上我的大腿，一直爬到我的肺部。医生们轮流用听诊器听，一位教授则在旁边向随行的实习医生解说，肺凝块有一种尤为特殊的声音，它有自己的声音标记——就像在说怎么换轮胎一样。第一周我咳出了部分血块。在医院洗手池洁净的搪瓷衬托下，它就像一颗被压碎的覆盆子。

诊断结果是急性早幼粒细胞白血病，即急性髓系白血病的一种罕见类型，这种病十分凶险且发展迅猛。2017年是挪威血液学家利夫·希勒斯塔发现它的第六十年。这种病刚被发现时，诊断的平均存活期不到一周。今天，大多数病人活得更久，但通常会因脑部或肺部的大出血（类似于我过去的肺出血）而死亡。这些死亡病例的数据来自互联网，尽管当时我知道用互联网查疾病是个坏主意。我忍不住去在线问诊，但结果差不多。住院的第一个晚上，我输了几次血和血小板。接上加药泵后，我目送一袋袋黏稠的液体流入我的静脉血管。我想到自己那麻烦的骨科病史，而我的血癌起因于骨髓，这是多么讽刺啊。这两次不同的诊断相隔几十年，现在却都与骨头产生了奇怪的联系。我在床上给远在澳大利亚的哥哥打电话，听他在电话里哭。到了早晨，身体里满是血液和药物的我吐了好几升黑色的东西。我想着，那就是癌症吗？

第二天开始化疗，一根三爪静脉导管插入我的胸腔给药，还要服用其他药物和抗凝剂。塑料导管插入胸壁皮下，插入上腔静脉（一条通往心脏右心房的大静脉）。它置于那里，像一只精美的小匣埋入我的胸膛，细胞组织在它周围生长。六个月后，到了要撤除导管的时候，它却不肯挪动了。它已经成为我身体的一部分，而我自己的一部分也紧紧抓牢它。一名护士试图在没有麻醉的情况下用手术刀将我们分开，结果血喷得到处都是。她的尝试让我的脖子留下了四道永久的伤疤。

B+

　　一个男人跪坐在白色的舞台上，他的身体呈直立的 L 形。从脚跟到头顶，他全身涂满厚重的白色颜料。低沉单调的原声带嗡嗡作响。1960 年，艺术家弗兰科·B 出生于米兰，他也会作画，但他最为人所知的是一些在手臂上插上针管使其流血的表演作品。在《我不是你的宝贝》(*I'm Not Your Babe*，1995—1996) 中，他让观众判断，他是在表演痛苦，还是真的感到痛苦，因为真切的失血而精疲力竭。这是一件令人困惑的作品，既可能在表现丧葬之事，也可能是一场复活。在他所有与血液相关的作品中，我把《噢，美男子》(*Oh Lover Boy*, 2001—2005) 看了无数遍。一群观众坐于医院的隐私隔帘后面，帘子移开后，能看到艺术家躺在一张空白画布上，维持着倾斜的角度，正在流血。弗兰科·B 既是艺术家又是作品主体，他自己就是招待观众的主菜，作为最简单的艺术品供我们享用。当我观赏这件作品时，我看到的是一张手术台，是太平间的一块石板。这是他最像外科手术的一件作品。除了从他手臂里流出的血，他从头到脚都涂着炫目的白色，他的姿势仿佛是正在接受医治的基督，一道静态的圣伤[1]。

　　与他此前的表演作品不同，《噢，美男子》几乎是静

---

1 圣伤 (stigmatic) 是基督教所宣扬的一种超自然现象，又叫圣痕，指身体部位无端地大量流出鲜血，与《圣经》中记载的耶稣受难时的情况类似。

态的，除了弗兰科·B紧握拳头加速血液流动的时候。白色颜料突显了他的白人男子气概，但他的裸体又着重表现了他的脆弱。他的血液流入一条沟壑，在那里汇集，最后，他坐起来，一脸迷惘，近乎孩子气。他走下那张台子，在身后留下鲜血的细流和他身体的印记。近乎完美地复制了他躺在那里的身体。这部作品令我着迷和感动，它探讨了我们生命的有限性、身体／生命的短暂本质。

这部作品是为后代拍摄的（或许也是为了永恒，而不像他失去的血那样？），其中有个俯拍镜头是对这个完整场景的静观凝视，如同灵魂出窍的体验，一次没有圣母马利亚的哀悼基督[1]。观看它时，我看到了生与死，动与静，艺术与生物。弗兰科把形而下的物质实体转化为哲学层面的某种东西。观看他的表演是一次复杂的邂逅：它不是静止的画布或雕塑，而是鲜活的。弗兰科不仅是作为艺术家来表现某种主题；他就是作品，而作品就是他。我觉得他的流血很有意义，而且至关重要，这是静态画永远无法企及的方式。

观赏鲜血如注的艺术作品，正如观看我自己输血时有条不紊的滴注，让我更多地注意到了那液体本身：颜色的深浅，它的浓度和重量。袋子里的血颜色更深，握着它

1　哀悼基督（pietà）是基督教绘画和雕刻艺术中常见的主题，描绘了《圣经》中记载的耶稣基督被人从十字架上抬下来后，圣母哀悼基督的场景。米开朗琪罗就有同名雕塑作品。

会感到些许异样。在密封的真空中，它比伤口处的血液更浓烈。从未接近血的人只能将影视道具作为参考，因为电影会努力捕捉它的画面。在《惊魂记》的淋浴场景中，排水口里流淌的液体是巧克力酱。《魔女嘉莉》中最生动的一幕不仅聚焦在血液本身，还包括它的来源和质地。演员茜茜·斯派塞克身着饰带和皇冠，打扮成舞会皇后，镜头从远处慢慢拉近，直到猪血、糖浆和厚重的油漆像瀑布一样从她的头顶倾泻而下。被血红蛋白浸透的嘉莉开启了心灵遥感式的血腥复仇。这场戏的节奏和张力都是杰作。在整部电影中，我印象最深的是猪血的颜色和质地，它在桶里荡来荡去。

B-

> 没有生育权就称不上平等，没有对女性身体的尊重就称不上有生育权，不了解血的知识，就称不上尊重女性的身体。
>
> ——克里斯滕·克利福德[1]《我要你的血》
> (*I Want Your Blood*)

仅从一面墙上的血迹，不可能分辨出血的主人是男

1　克里斯滕·克利福德（Christen Clifford），女性主义表演艺术家、作家、策展人、演员。她被认为引领了新的女性主义表演艺术浪潮。

是女。除非你在实验室里寻找确切的标记，或查看有无 Y 染色体。男性的血小板数量和血红蛋白水平较高，但这并非权威的鉴定方法。流血自古就被视为男性的英雄主义行为：从争夺通行权利的互殴，到涉及肢体接触的运动和战斗。偶然随机的事件被当作一座座卓越的里程碑，当作痛苦和足够长的时间过去之后可以讲述的故事。女性出血是更普通、频繁和习以为常的事，尽管正因它的存在才孕育了每一个生命。

迄今为止，人们普遍确证经期既不方便又痛苦，而对大多数女性来说，这是一种要忍受半生的周期性仪式。殷红印渍，内裤上的血迹；从第一天宣告光临的猩红血渍，到更暗淡、更黏滞的碎块。一段时间内，子宫内膜会和未受精的卵子一起脱落。经血中实际上只含 50% 的血，其余都是由宫颈黏液和子宫内膜组织构成的。每月一次的疏散使这种物质成为一个矛盾混合体：即便它象征着新生命的可能性，却更接近于浪费。流血代表繁殖力，是生育能力的标志；经血本身则带来未孕的轻松，或未孕的失望。早在发表反跨性别言论和关于强奸问题的观点之前，杰梅茵·格里尔 [1] 在《女太监》一书中表示，女人要想了解自己的身体，就应该亲自去尝尝这种分泌物。她写道："如果你认为自己已经获得解放，可以考虑尝尝自己的经

1　杰梅茵·格里尔（Germaine Greer，1939— ），澳大利亚女性主义作家、公共知识分子。

血——如果它让你觉得恶心，你还有很长的路要走，亲爱的。"经血有一股强烈的铁的味道；在我第一次怀孕的早期，我能尝到的只有金属的味道。我感觉满口铁锈。

经血是红的，这是生物学上的事实，但电视广告里用蓝色液体来证明卫生巾吸收性能的日子还犹在眼前。直到 2017 年，英国卫生巾品牌 BodyForm 做了"正常的血"的宣传活动，广告中才开始使用红色液体。实在没有必要害怕将真实的血迹展示出来。整整一代年轻女性都嘲笑过那些展示我们滑旱冰或穿着白裤子嬉闹的电视广告。那里面从来都没有漏出过红色印记，一点儿也没有，和《经期》(Period) 里的完全不同。《经期》是鲁比·考尔和普拉布·考尔姐妹在图片分享网站上发布的系列照片，最早发布于 2015 年。这些图片记录了鲁比·考尔自己的月经体验：她躺着，能看到衣物上的血迹；淋浴时双腿血水斑斑；有血渍的床单搭在洗衣机上。考尔的作品让人们看到了女人打算隐藏的东西。它抹杀了月经的禁忌，不再秘密地处理它，不再在室内忍受，不再隐藏。这些图像公开了私密的事。

当特蕾西·艾敏[1]的标志性装置艺术作品《我的床》(My Bed) 于 1999 年首次在伦敦泰特美术馆展出时，公众对此立即做出了不同的反应。尤其让人惊恐的是，艾敏把

1　特蕾西·艾敏（Tracey Emin，1963— ），英国艺术家，以其自传式创作而著名。

自己的内裤也放置其中，内裤上沾染了经期的血渍。艺术鼓励突破疆界，但还是有人指责艾敏越界了。她暴露了某些不该暴露的东西：来自她身体的东西，她的女性自我。虽然在事实上，艺术的身体总是公开的。如果艾敏自己裸身躺在床上作为她自己的装置艺术，就会比她血迹斑斑的内裤引起的惊愕少得多。

2015 年，时任共和党总统候选人的唐纳德·特朗普参加了福克斯新闻台的一场辩论，主持人是记者梅根·凯利。特朗普不喜欢她的提问，事后评论说："你可以看到有血从她的眼睛流出来。她身上到处都在淌血。"波特兰艺术家萨拉·莱维听到特朗普的言论后，为他画了一幅肖像——用她自己的经血画的。特朗普因对一名女性性别歧视遭到了反噬。在莱维之前，已有很多女艺术家做过类似的事：朱迪·芝加哥在 20 世纪 70 年代的单人表演，以及她与其他女艺术家在"女性之屋"艺术展中的团体装置艺术；克里斯滕·克利福德的《我要你的血》（2013），是"一个分为三部分的女性主义公众行为"；珍·刘易斯用经血拍摄的鱼缸照片；纽约艺术家桑迪·金在经期性生活结束后拍摄的照片；安格丽德·贝尔东-穆瓦纳[1]的《就是那红色》（Red is the Color，2009）肖像组图模仿时尚女性的大头照，图片中的女性旗帜鲜明地用经血涂红了嘴唇。

---

[1]　安格丽德·贝尔东-穆瓦纳（Ingrid Berthon-Moine），现居英国的法国视觉艺术家，主要以雕塑、绘画和文字等艺术表现形式反映社会的性别问题。

2000年，用经血作画的艺术家瓦妮莎·蒂格斯为这种表现方式发明了一个集体术语："Menstrala"[1]。为之命名不仅引发了一场运动，而且使一个群体合法化，这个群体因其实验性，以及拥护某种将女性变成他者的自然事物（月经）而团结一致。妇女素来因经血而受到羞辱，人们鼓励她们隐藏流血过程以及对流血的反应。将其作为艺术表现方式，是一种重申女性主义权利和对抗歧视的行动。

安娜·门迭塔艺术创作的核心就是将鲜血作为对抗的工具。1948年，门迭塔出生于古巴，她毕生的工作就是把自己的身体作为一种政治工具。她反复强调，在行为艺术、电影和照片中，血既象征着男性对女性的暴力，又象征着女性的性力量。1973年的短片《汗血淋漓》（*Sweating Blood*）中，门迭塔紧闭双眼，一动不动，鲜血则从她的头发里缓缓流淌下来。在她最具对抗性的作品中，有一件是用以回应1973年艾奥瓦大学一名同学被奸杀的事件。门迭塔详细地重现了犯罪现场，并邀请学生和教授在特定时间来到她的公寓。他们在那里发现门迭塔浑身是血，赤身裸体地躺在桌子上，"死了"。门迭塔用鲜血提醒她的观众生命的无常与身体的物质性。对她而言，血就是性和魔法，是沉浸于女性经验的、以脏腑制成的死亡图符。

1　"menstrual"意为"月经的"，而"menstrala"采用了同样的前缀，指用月经作画。

为治疗我腿部和胸部出现的血液凝块，须用药物将它们分解，再由我的身体吸收。经期本身已经有大量血液凝块——浓稠的血块、成团的子宫内膜，这些块状物的颜色像肉店橱窗里肝脏的颜色——最终被排出体外。在我生命中，有几个月的时间，A 血块（深静脉血栓）和 B 血块（月经）重合了。腿上的血块和肺部的栓塞在我的静脉中狂奔突袭，像静脉血管里的一对雌雄大盗。因为有这种逃逸的凝血，任何出血都充满危险。我每治疗一次，全血细胞计数就下降一次，使我极易受到感染。再失血就很不明智了。顾问医师给我开了一种停经药，还解释说高剂量的化疗手段可能会影响我的生育能力。我想到不能流血的事，把它等同于我的身体不工作，我的身体停摆。暂停月经感觉就像是暂停了自己身为女性的一个部分。我的记忆在此有一些断层。我的大脑不允许我记住这样的东西。这种药物的名字我早就忘记了，于是我在网站搜索栏输入了模糊的搜索词："停经药"和"癌症"——它立即出现了。每次我搜索多音节的药物名或让我困惑的晦涩的治疗方法时都会这样。当它们在屏幕上现身，我会立刻慌张地认出它们。

　　出院回家后，我得每天给自己注射抗凝剂：用酒精棉签擦拭皮肤，拆开一次性针头，插入药瓶，用注射器汲取药水，轻弹注射器以驱散气泡，用手指捏住肚子上的一块皮，插入针头，然后按压注射。皮下注射时，我很少看到血，除了针眼处偶尔有一个小圆球一样的血珠。我有一只黄蓝相间的注射器垃圾桶，它的正面写有"警告！"的标识。就像厕所隔间里的垃圾桶一样，这些容器既关乎安全，也关乎隐蔽性。它们提醒着我，我的血液，不论是外周血或经期血，都是一种生物危险品。

O+

患病后，我的词汇量扩大了。每天都有新词出现：栓塞，梗塞，中性粒细胞，蒽环类药物。这些词语被用来描述我看不见的东西。我得打针——好几百针。血液培养试剂看起来就像是装满了油醋汁的塔巴斯科酱汁瓶。化疗导管从我的胸腔里出来，让我联想到《星际迷航》里的博格人[1]。当我吃不下东西的时候，他们会通过导管给我喂入一种流质食物。装食物的容器像旧牛奶瓶。化疗导管使我长了一个高尔夫球大小的血肿，一团柔软而凝固的陈血。我的手指在上面反复摩挲；我的皮肤摸上去如天鹅绒般柔软。

我因为各种手术曾多次接受输血，包括髋关节置换术。有过肺栓塞病史就意味着要进行全麻。在五个小时的手术中，他们给我打了镇静剂，但在手术中途，我醒了。

---

[1] 博格人（Borg）是科幻电影《星际迷航》（*Star Trek*）里虚构的一个宇宙种族，身上有大量人造器官，是半有机物半机械的生化人。

不是完全清醒，但足以知道自己是醒着的，还有意识去想蛛网膜下腔阻滞麻醉是怎么回事，去想它是否属于某种化学治疗，并且能感觉到外科医生在给我插入新关节的地方推了一下。"谁在推我?"我口齿不清地问道。他们匆忙加满药量，我又滑回海浪之下。我流了太多的血。之后，在麻醉恢复室，一位穿着蓝色手术服的护士解释说，我的面色令人担忧，得安排输液。我又回到了麻醉的平静中，醒来时发现一袋血在我头顶的静脉注射架上晃荡。它明亮而凶猛，像一只塑料制成的心脏。

血液的红色来自含铁的血红蛋白（haemoglobin），它们将氧气输送到肺部。每当我看到这个词，它都像是排乱了字母。血精灵（HaemoGOBLIN）：一个潜伏在我的血管中施展法术的邪恶精灵。当我想到这些挤进静脉的红色细胞，想到在我耳边悸动的血液，在我手臂上跳动的脉搏时，我想到的不是声音，也不是皮肤的起落，而仅仅是底下一片纯然的红色。

O-

在血液科病房，血液收集管须用彩条进行编码，整齐排列摆放。

紫色（全血细胞计数）

浅蓝色（血凝）

　　黄褐色（病毒学）

　　绿色（血浆）

　　粉红色（血型和交叉配型，用于输血）

　　护士把针插入我的手臂，说："你会感觉到一点点刮擦。"我把目光从我的皮肤上移开，看向那用彩虹线条标记的收集管：非可替真空采血管（VACUETTE）。每当护士用我的血灌满一支管子，我都想问："用'Vacuette'来命名一个女子朋克乐队很不错吧？"但我从未这么问过。我尽量不把注意力放在抽血上。Vacuette 也可以是爱情小说中法国女主人公的名字，或是用来指代蠢笨坏女孩的俚语。我的静脉抗拒着，针走偏了。为了不去注意穿刺动作和手臂上的血迹，我把注意力集中在蓝黄相间的注射器垃圾桶上，想起了球队的颜色：

　　足球：温布尔登队、曼斯菲尔德队（曼斯菲尔德镇足球俱乐部）、牛津联队

　　盖尔式足球：罗斯康芒队、威克洛队、郎福德队、克莱尔队、蒂珀雷里队

　　Vacuette。我翻来覆去地思考这个词，想象它来自"vacuum"（意为"真空"），如在虚空中；等待被填满的空间。它的使命只在汲取血液时完成。

　　美国艺术家巴顿·贝内斯很喜欢把容器当艺术。在

探索这样一个微小空间的可能性时，他会用作品表达一种社会政治观点；他用艺术赋予他的个人处境以力量。贝内斯的主要艺术媒介是雕塑，但当他被诊断为艾滋病毒抗体阳性后，他改变了方式。他从身边的事物中寻求灵感，这些事物代表他的血液中正在发生的事情。《调色板》（*Palette*，1998）这一作品是在艺术家的传统调色板上摆满胶囊和药丸，它们不是用颜料绘成，而是用贝内斯自己的抗艾滋病毒药物创作的。在《护身符》（*Talisman*，1994）的两个版本中，抗逆转录病毒药物胶囊与珠子和美元交织在一起，形似念珠。贝内斯精心挑选他的工具：将宗教、信仰与疾病联系起来的一种手段，没错，同时也是为 20 世纪 80 年代高昂的艾滋病药物费用做的评注。如果药物可以成为商品，为什么不能把它当作艺术呢？

对我来说，贝内斯开始使用自己的血液进行创作时，就做出了最引人入胜的作品，最初是在《圣餐变体论[1]，3》（*Transubstantiations, 3*）那样的作品中，一支汲取了他的艾滋病毒血液的注射器上贴着彩色羽毛。它看上去不像医疗器械，更像是一支箭，羽毛则让人联想到美洲印第安人的一种武器。在贝内斯的艺术里，宗教既是日常的，又是仪式化的，不仅是希望或疗愈的源泉，还与耶稣在十字架上的流血有关——他身体侧面撕开的创口比拟了持续的

1　圣餐变体论指基督徒相信，面包和葡萄酒经祝圣仪式后会变成基督的身体和血液，只留下饼和葡萄酒的外形。

艾滋病危机。在《荆冠》（*Crown of Thorns*，1996）中，贝内斯的手法更加大胆，他用针头和装满艾滋病毒血液的静脉输液管编织了一只荆冠，创作出一件精美而具有毁灭性的作品。

20 世纪 80 年代，在贝内斯移居的纽约城，艾滋病摧毁了大量同性恋群体。病毒肆虐的早期，许多人并不知道自己已受到感染。因为这种疾病，贝内斯失去了很多朋友——包括他的爱人，而他的艺术是一种尝试，让他与自己的失去互相和解。"我当时不知道该怎么应对艾滋病。这对我来说是个困难的主题。"他曾对 CNN 说道。由于近距离感受到了这个群体所遭遇之事的恐惧、难以理解，加上他对自己所患疾病的思考，贝内斯创作出了最引人注目的作品，即血液艺术系列《致命武器》（*Lethal Weapons*，1992—1997）。这个系列展示了三十个装有贝内斯和其他人的艾滋病毒血液的容器，包括 1993 年用水枪创作的《消音器》（*Silencer*）、1994 年用香水喷雾瓶创作的《香精》（*Essence*）、1992 年用圣水瓶创作的《圣水》（*Holy Water*）、1994 年用"绝对伏特加"牌迷你酒瓶创作的《绝对贝内斯》（*Absolute Beneš*）、1993 年用恶作剧玩具花创作的《毒玫瑰》（*Venomous Rose*）和 1994 年创作的《莫洛托夫鸡尾酒》（*Molotov Cocktail*）。这次展出幽默而辛酸，它的欧洲巡演备受争议。瑞典卫生部长对其下令禁止，小报则将贝内斯称作"艺术恐怖主义者"。一家报纸将展览称为"艾滋病恐怖秀",但贝内斯把传奇故事、喜剧和宗教里的物品稍加修改,将它们改造成了艺术。你还能通过其他艺术形式来面对自己的死亡吗?还有别的办法去回应生命的过早结束吗?

被诊断出白血病的那天晚上,我无法当面告诉父母这个消息。由于担心他们的反应,我让护士去说。我在床上做好准备,等待他们出现在病床的围帘边。我永远忘不了他们的脸,忘不了他们的错愕,忘不了他们的泪水。在那一刻的所有错误中,我知道需要做点什么。隐藏我的恐惧,带给他们一点未来的希望,这个我们没有任何把握的未来。我已不记得这件事了,但多年后我母亲告诉我,当时我看着她的脸说:"我不会死的。我要写一本书。"致力于写作或艺术,就是致力于活着。自己强加的期限,当作一种延续存在的手段。我花了很长时间才写出这本书,而我现在离那个可怕的夜晚已经很远了。

创作艺术就是诠释我们自己的经历。进入医院或血液科病房时,我们的身份就改变了。我们从艺术家、父母或兄弟姐妹变成病人,那些患者中的一个。我们交出静脉血管中的液体,用于显微镜检查和滴管移液。贝内斯把他的艺术当作租赁行为。如果医院的试管可以安置他的血液,那么他自己的作品也可以。贝内斯知道,如果他的血液必须在他血管之外的任何地方,那他不妨将它做成一本艺术的记事册;一份占有的声明。

AB+

在天主教国家长大的人，很早就明白血具有高度的象征意义。任何信徒都不可以忘记耶稣流了血：从祂戴荆冠的头到祂手脚上的伤口都流了血。据说，当耶稣被钉在十字架上时，一名罗马士兵从侧面刺穿了祂的身体，血和水从祂身上流出来。它们是赋予生命的液体，都是身体的基本成分。流血使耶稣处于极度的危险中，祂变得脆弱，更像是"我们中的一员"。《圣经》中每次使用"血"这个词，都涉及耶稣的自我牺牲。对基督徒来说，"基督之血"的字面意思就是指耶稣舍弃自己，拯救人们被玷污的灵魂。

> 拿着吧，你们都喝下去，
> 因为这是一杯我立约的血，
> 为多人流出来，
> 使罪得赦。
> 你们也应当如此行，为的是记念我。[1]

我是一个疏忽已久的天主教徒，几十年没有去做弥撒了，但当我出席葬礼或婚礼时，这段经文的每个字都在

---

1   此段内容在《圣经》中多次出现，详见《马太福音》26:26-28、《马可福音》14:22-24、《路加福音》22:19-20、《哥林多前书》11:23-25。

我的记忆中浮现。有必要的话，我可以背诵出来。即使是最成熟、最保守的宗教也深深植根于宗教仪式。弥撒的圣体仪式几乎都是部落式的，我一听到这个词就想象出鼓声和熊熊的篝火。它模仿伏都教[1]、血魔法和巫术。多年来我跪过上百张长椅，一直满腹狐疑。"一杯我立约的血"这句话让我想起了《麦克白》中的女巫们。不惮辛劳不惮烦。[2] 圣餐变体论只是一种花招：酒变成血的幻觉，纯粹建立在信仰的基础上。会众必须相信，教会的一张薄饼会变成人的肉，一只金酒杯会变成耶稣的红细胞。这是个不小的要求，需要集体暂停怀疑，让人们盲目地相信人可以生而不朽，相信一位主张干涉我们的上帝。

一位朋友的父亲最近告诉我，小时候，他妹妹在砍柴棍时，差点用斧头把他的手指砍断。当地的一名妇女会做一种"鲜血祷告"，他母亲把他抱在怀里，带到了这名妇女的家中，在街上留下一条鲜红的小路。据说这种祷告可以让人类和动物止血，并且只能由异性实施。那个祷告是这样的：

> 我们的主耶稣基督诞生于
>
> 伯利恒的马厩，圣约翰为他在
>
> 约旦河洗礼，以耶稣基督的名义，

1　伏都教（Voodoo）源自非洲西部，是与超自然现象有关的原始宗教。

2　出自莎士比亚戏剧《麦克白》第四幕第一场，译文参朱生豪译本。

让某人别再流血了。

我朋友的父亲说喷涌而出的血立即止住了，他的手指和生命也都保住了。

AB-

邮局送来一个盒子，里面装着一支塑料试管，我得收集自己适量的唾液，约至试管虚线处。你觉得自己是谁？这些年来，医生们已经说得够多了，让我对自己的DNA和双螺旋结构里的东西感到好奇。我在网上注册了这支试管，然后把盒子寄还给美国公司。邮局外面，我周围的车流熙熙攘攘，从我身边经过的人永远不会知道自己染色体上的细节。我停顿了片刻，与其说是犹豫，倒不如说是沉思，然后把包裹扔进了邮筒的绿嘴巴里。

医生们决定采取双管齐下的方法来治疗我的急性早幼粒细胞白血病，一种是标准的化疗方法——使用的红色和绿色超大注射器看起来像《格列佛游记》里的道具——另一种是名为"全反式维甲酸"的相对较新的药物，它只对这种白血病细胞株起作用。这种治疗方式被称为"西班牙方案"，因为已经证实这种病在拉美人和伊比利亚人当中有更高的发病率。我很好奇自己的西班牙血统从何而来。在爱尔兰神话中，我们岛上的第一批殖民者是米列希安人。中世纪的《攻占爱尔兰记》(*Lebor Gabála Érenn*)说，他们是从伊比利亚到这儿来的盖尔人，更早之前在现俄罗斯南部一带生活。还有人提到了16世纪西班牙无敌舰队在爱尔兰海岸沉没后定居于此的水手。没有绝对的证据能印证这个理论或我的血统，不过《亚特兰蒂斯岛》的作者兼电影制作人鲍勃·奎因在书中写到了一条古代海上贸易路线，从北非以北穿越大西洋到爱尔兰西海岸。他记录了一些爱尔兰–伊比利亚人的常见特征（包括受北非柏柏尔人[1]的影响）。数天来我不停刷新DNA网站，等待我的结果。

我的女儿早产了整整一个月，她个头很小，在保育箱里待了一段时间，像一只蜷起来的肉球。一位儿科医生来给她做检查，看了一眼她的脊椎、皮肤，或者其他什么部位，然后宣布："我看她不是一个真正的凯尔特人。"手术后，我精疲力竭，整个人在麻醉作用下昏昏沉沉，没有足够的警觉去追究这句话的意思。如果她不是凯尔特人，那她是什么？加上伊比利亚人对急性早幼粒细胞白血病的易感性和我对家世一直以来的好奇心，医生这句随口的判断让我寄出了那只由泡泡纸包裹的、盛装了唾液的试管。

几周后，结果出来了，数据显示我不是百分之百的

1　柏柏尔人（Berbers）是非洲西北部的一个说闪含语系柏柏尔语族的民族，他们并不是一个单一的民族，而是众多在文化、政治和经济生活方面相似的部落族人的统称。

爱尔兰人。我的 DNA 里有 91.5% 的英国和爱尔兰血统，4.2% 的西北欧血统，2.4% 的斯堪的纳维亚血统，0.3% 的东欧血统，0.1% 的东亚血统和美洲印第安人血统，0.1% 的俄罗斯东部雅库特人[1]血统。至此，西班牙或拉丁人血统的比例显然极低（两者均为 0%）。分析结果展示在一张地图上，我注意到整个南美洲都得到突出显示，所以也许这就是拉丁血统的纽带。我的单倍型类群（即具有共同祖先的基因人口群体）为 T2e，是 T2 的一个亚单倍型类群，在欧洲的地中海地区更为常见。我进一步挖掘，发现 T2e 可能与塞法迪犹太人有关，他们生活在公元 1000 年左右的西班牙和葡萄牙。15 世纪，他们遭到驱逐，逃到了保加利亚。"塞法迪"（Sephardi）意为"西班牙的"或"西班牙裔的"，来自希伯来语的"西班牙"（Sepharad）。在我之前，我家族中拥有根深蒂固的天主教信仰，所以我觉得这种可能与流散的犹太人祖先有联系的想法颇为有趣。当然，我与此相距数百年，一点微小比例的西班牙系 DNA 并不能让我的白细胞叛逆起来。我女儿不是真正的凯尔特人，也与雅库特人或斯堪的纳维亚人的这种微小的血缘联系无关。

在写这篇文章的时候，我最好的朋友的丈夫快去世

1　雅库特人（Yakuts）属黄种人，主要分布在俄罗斯境内的萨哈共和国。

了。他当时才四十岁，但一种特别致命的癌症不断复发，最终使他陷入绝境。临终安养院的工作人员是临终征兆方面的专家；他们会解释，当血液开始离开手和脚，流向重要器官时，四肢就会变冷。他去世后的第二天早上，也是新年的第二天，我和那位朋友坐在楼下的房间里，他们的床已经搬到了那里。在她成为寡妇的最初几个小时里，我们一人握着她丈夫的一只手。那是艺术家的手，曾为他们的婚礼画了请柬，这场婚礼就在十八天前举行。他的指尖仍有一丝热气。他的心脏已经停止跳动；跋涉了所有这些英里的血液都结束了它们的循环旅程。这是最后的身体：血液变成了别的东西。最后的时刻与走向这一时刻之前的所有动态岁月完全不同。我已然忘却了，死亡时，身体是如何变硬，所有的血液是如何变成固态，温暖的皮肤是如何迅速冷却。我想到在我们一生中流动的那种红色是如何在死亡中变化的。最后的再创造，转向静止的状态，不再有每一个活着的生物身上那种充沛的活力。

Our Mutual Friend

我们共同的朋友

当别人问我和丈夫是怎么认识的时候，我们总会交换一下眼神。晚宴上，烤着肉，喝着温热的啤酒，每当有人问起，我们知道去找寻彼此的目光。这个问题是我们之间的一座绳桥，我们都明白不能去摇晃它，也不能向下瞥一眼。

这眼神意味着一件事。

你知道该说什么，对吧？

经过多年失策的回答、人们目不转睛地盯着我们含糊其词，我们已经学会了斟酌字句。我们剪辑、压缩了这个故事，将它淡化成了几个精挑细选的句子，因为完整版本过于沉重了，在多年后仍然具有杀伤力。这些话晦暗难言，能让整个房间安静下来。所以我很少再把这个故事讲完整，尤其当我丈夫在场的时候，更是只字不提。我们只改说一句话，没有更多解释。也许听起来像是故作神秘，但它暗示了单调乏味的情节，我为此得到一点变态的快感，即便这个故事恰恰相反，非常曲折。但这很管用，人们很少进一步打探。

"通过一个朋友。"我们会异口同声地说，带着但愿还算放松的笑容。

在大学艺术街区的大厅里，我首先注意到了罗布的身高。就像所有害羞的高个子一样，他弓着背以掩饰自己的身形。他身着长袖上衣，赭红色和芥末绿相间的袖子使他看上去就像一个儿童电视节目主持人。他金发、严肃，说话的时候咝咝地口齿不清。我把他的害羞误认为是傲慢，便和他保持距离。

几个月后，我们发现彼此在同一座岛上。每年都有成千上万的爱尔兰大学生前往美国东海岸寻找工作。当时我们在玛莎葡萄园，即马萨诸塞州海岸附近的一个白人盎格鲁-撒克逊新教徒式的平静安宁之地。淡季时，这里富裕而安静，而到了夏天，像我这样的学生就会蜂拥而至，大家打着两三份零工。休假的日子很少，休息的夜晚更少，但在其他爱尔兰学生举办的一次聚会上，又出现了这个高个子男孩。他试图压低身子，把自己的身高隐藏在木质走廊的黑暗中。自那之后的许多晚上，我们常常见面，音乐和书籍把我们联系在一起。我们最终开始了一段试探性的、态度含糊的关系。他坦言这座岛令人窒息。美国这个国家曾允诺了冒险的生活，但这个地方没有。它毫无生气，离海岸更远的一个大城市在呼唤着他的名字。

在我二十一岁生日聚会上，罗布问我是否希望他留在岛上。过去的一年热烈而令人分心。我渴望未知、大海、陌生的人和新的体验，我不想为任何人的夏天负责，除了我自己的夏天。所以他乘渡轮去了波士顿。新的一季开始了，伴随着漫长的工作日和偶然的纵情。有个人长得很像约翰尼·德普，他有着浅金色的头发和蓝色的天鹅绒压皱外套。这座岛让人感觉激情四射。青春的热浪，南海滩上灼热的沙子，奇尔马克大岩湾的岩石像蓝鲸一般巨大而光滑。这地方实在美妙。

夏天结束时，我来到沉闷而喧嚣的波士顿，去看望我的朋友们。我和罗布坐在他们的台阶上，潮气把呼吸挤出我们的胸腔。房子背后的高速公路上，车流嗡嗡作响，垃圾桶周围昆虫成群，他握着我的手。那天晚上，我们蜷缩在楼上地板的床垫上，听着城市的声音。第二天早晨，空气已经开始变热，我和一位美国朋友出发，开启了一次前往雅园[1]的公路旅行。我们听着猫王的歌，一根接一根地抽烟，沿着不同的州界线飞驰。长方形的绿色路牌上写着那些著名城市的名字。

1　雅园（Graceland）位于美国田纳西州孟菲斯市，曾为猫王故居。

在二十岁左右的年纪，某种东西促使我们走向独立。保持自我意识，和你想成为但暂时还没有成为的那个人对抗。在某些时刻，每个人都从孤独中、从"不需要任何人"中感受到力量。我二十出头时，选择了单身，主要是因为我不想把别人的生活习惯融入我自己的生活中。当然，还不止于此。我十几岁时对我和我的身体失去的自信，慢慢又回来了。我仍然很容易难为情，总担心我得为我的身体状况和骨头不对劲的全部情况进行解释。但是当我离那些住院的日子越来越远，也多了几分自在。那个夏天里全是陌生的事物。粉红的头发。感染的晒伤。一只扁虱钻进我的皮肤。在辛辛那提，一个男人迷恋我的口音，让我讲爱尔兰话。第二年圣诞节，他来到都柏林向我求婚。我谢绝了。

事情迅速退入过去的时间，就像一面加速的后视镜，灯光在黑暗中闪烁直至消失。夏天过得太快了，转眼我又回到了都柏林秋天朦胧的黄昏，回到了我在电影院上的夜班，回到了大学，我在那里又遇见了罗布。我们之间有距离，一种不确定的距离，但那不是因为不感兴趣。青春有它自己的专注之处；一种将生命注满的感觉，执着于某些事物，而任由其他事物从我们指间流过。我们在不同的轨道上各自行进了一段时间。我会在远处看到他那辆火车，但我们两个都在铁轨上蹦跶、徘徊，想着我们还会再见面。

成为情侣是意外的事。我们彼此试探了好几个月。经过一个晚上的密谈，我俩最后去了电影院。在黑暗中，我想，我们在等什么？为什么我们一直保持着距离？后来我们喝了啤酒，一直在笑，坚硬的边缘融化了。我下了赌注，掷了骰子。

大学毕业后，我们各自接受了能找到的第一份工作，接着，没怎么商量，他就搬进了我住的小屋。那里的空间本来就不够一个人住，更别说两个人了，尤其是像他这样一个如此随意和混乱、如此明显不居家的人。他的唱盘占据了书架旁的一个角落，他在那儿没完没了地练习跟拍子，我们收藏的唱片也混在一起。他很体贴，但不成熟。他既有善良的行为，也有小气和懒惰的壮举。晚上，他上夜班，把美味的香肠卖给神庙酒吧里的醉汉。每个周末，他天亮才到家，会立即倒在我们的单人床上睡着。他的身体像一轮疲倦的弯月。睡觉是他唯一不用弯腰驼背的时候，他的躁动也终于消失了。他的皮肤散发着香料和金属烤制肉类的刺激味道。数月以来，我们都很开心。未来就在那里，有时是线性的，但总是无法预知。口袋里空空如也，只有空气和光辉，等待着被填满。生命充满了我们可能做什么以及能够做什么的可能性，而我们已想清楚该往哪个方向走。

我一直以为他会成为一个作家。他不管到哪儿都带着一本破烂的硬壳笔记本。本子的脊部已经从装订处脱落了，但页面完好无损，满是诗文和图画。他还写了一些诗，他喜欢讲述自己如何在都柏林的一次朗诵会后与艾伦·金斯堡交谈，当那位诗人笨拙地向他搭讪时，他感到受宠若惊。罗布离开玛莎葡萄园的时候，我把我的电话号码写在一张纸片上给了他，后来我发现它就夹在那个笔记本里。那时——因为某个我早已忘记的原因——我习惯在签名上画星星。这些字母周围环绕着月亮、星星和一颗带环圈的行星。

我们认识之前，他有一个大学朋友在一次诡异的游泳事故中淹死了。每当他分享这个故事时，我都可以看到它的分量，看到他是如何努力在它下面承受着。他为之恐惧——今天还能在这里，青春焕发，满心欢喜，第二天就没了。上班时，他打电话告诉我，他的另一个朋友在南美洲失踪，恐怕是到河里游泳时被鳄鱼吃掉了。几天后，她溺水的尸体从下游被打捞上来，她的尸身完好无损，但并没有为她的家人带来任何安慰。大约在这段时间里，还有一场葬礼：一个我们认识的男孩死了，这个男孩以前经常参加派对，喜欢吃点迷幻药丸。在无休止的夜晚和欢快的曲调中，某个时候，他厌倦了，选择了自杀。这三个朋友都和他有联系，也和那群大学同学有联系。人们注意到了。有人谈论过这事。罗布常常在深夜里提起这些，他恐惧、悲伤，试图找出其中的原因。

很少有人在进入一段感情时知道自己想从中得到什么。有些事我们不会明白，直到我们打开它们的门。罗布聪明、风趣、有创造力，能做很多事情，但还没把自己弄明白。有许多美好的日日夜夜：我们谈话、睡觉、聚会，但在我们共同度过一年之后，我大概知道我们之间的关系不会持续太久了。争执越来越多，我渐渐远离他，我们之间的距离越来越远。两年后我们分手了，但仍然是好朋友，还在交换唱片和故事。

即便对他来说，他的青春也像是一种折磨。他生活的核心模式是矛盾的：献身于某些事物——音乐、人们、写作——但又有一种自以为是的淡漠。都柏林不适合他。它太小了，不比那夏日小岛更小，但他渴望着地平线。一切都发生在遥远的地方，他想去别处——任何地方——只要不是在这儿。我们分手几个月后，他去了旧金山，在那里和他的朋友S合租了一套公寓。罗布的生日比我的生日早四天，那一年他寄来了一张卡片，上面有一幅把约翰·克特兰[1]画成宗教圣人的画像。

又一个秋天到来，罗布和S从旧金山回来后，一起搬

---

[1] 约翰·克特兰（John Coltrane, 1926—1967），美国音乐家，爵士乐史上最伟大的萨克斯管演奏家之一。

到了一间公寓里。S会作曲，成立了乐队，还喜欢用旧合成器做音乐。我们又有了共同的朋友，晚上一起出去玩，还去大房子里参加派对。我们组成了一个开心的小团体。对我们所有人来说，这一年似乎正朝着什么方向发展。罗布有了一个新女朋友，他们正计划回到旧金山。我和S彼此着迷，很感兴趣，却又担心这种三角关系会破坏我们三人间的友谊。我试着向罗布倾诉了我对S的感觉，告诉他我有多喜欢S，以及我觉得我们之间可能会发生点什么。他过去总爱浮夸地挖苦人，带着一点儿不动声色的刻薄。现在，这习惯又浮出水面，他几乎是欢乐地回答说（而我从未忘记他的话）：这事儿永远成不了。你俩太不合适了。

他错了，我当时就知道。每一个细胞都能感觉到。然而当我小心翼翼地走向S时，我也不太踏实。发生过很多"差一点儿"的瞬间，夜晚与其他人一起时，我们之间有了点儿什么，却又摆荡回一个安全的位置。当谈话向某个方向发展时，当我们的脑袋靠得太近时，我们会慢慢回到不带感情的地带，或者谈论起我们共同的朋友。

经过几个月的循环往复，S和我终于在夏天的一个星期四在一起了。我们聊了一整个晚上，一整个白天，没完没了，停不下来。啊，如果每个人的生命中都能有一个那样的夜晚就好了。第二天早晨，我和S才刚在一起一天，有些事情已经发生了变化。我没有根据，除了这种才诞生数小时的事情之中包含的可能性。我们的关系带着活力和幸福开始，随后，世界看起来也不一样了。我们依依不舍地分开，他要回位于隔壁郡的家，参加那个周末的家庭聚会。

　　那个星期六我在一个音乐节上工作。我和 S 计划着大约在那之后，等他回城再见面。我整天都在采访乐队，穿行于人群中。太阳歇去了，滑到主舞台背后，音乐从各种帐篷中溢出。一整天里我只想着 S。我拨通了六十公里外他家的电话，想跟他商量接下来的安排。夜幕缓缓展开。一天中最后的一抹蓝色变成了黑色。我感觉到了一种许久未有过的东西：一股电流，在骨头里嘁嘁作响的东西，渴望着与一个人相见。怎么会这样？我想。有人递给我一瓶啤酒。一个同事去大排档给我们拿了点吃的。我很满足，感觉这一年十分值得；接下来的日子是一条开阔的道路。他父母家的电话响了，我脸上的微笑都僵了。我想着该说什么，该怎么表现。节庆的气氛在我周围旋转，灯光闪烁着。一个听起来像 S 的男人接了电话。是他的哥哥，他说S 提前回城里了。我知道他没有手机，所以询问他的联系方式，以便稍后找到他。有一阵子我担心因为电话混线，那天晚上我们会错过对方。

　　——他本来应该在这里的，但他不得不提前回都柏林。

　　——啊，好的。只是我们约定晚些时候要见面，所以我跟他提过我会打电话的。你知道他要去哪儿吗？也许我能找到他……

——嗯，他的一个朋友出事了。

——哦不！怎么了？

——我不确定，一切都有点突然。

——哪个朋友？

——你认识一个叫罗布的人吗？

　　　我们坐在世界上

　　　最古老的云霄飞车里。

　　　它的木头嘎吱作响所以

　　　我们咯咯笑着来掩饰我们的恐惧

　　　以及那些还没出现的

　　　瘀伤。

　　我不知道为什么要问关于这个朋友的问题，但我已经感到越来越害怕。句子不断传来，通话继续，我的心跳加速。我在田野中央和一个素未谋面的人交谈。我从来没有像这样想要忘记一次谈话，但我记得每一个字：

——什么？他住院了吗？

句子现在来得更快了。

——我真的很抱歉……

我真不知道接下来会听到什么。

——发生什么事了？

这是"之前"的一刻。

——很遗憾。他死了。

不可能。

当你知道句子永远都不会对时，你要如何把单词列成一排，按次序放好？那些词语就是那一刻所有感觉的脆弱版本。世界向后弯曲，一种阴险的幻觉。我手里的饮料掉了下来。在一片站满成千上万陌生人的田野里，不知怎的，我挂断了电话，在黑暗中号叫。原始的尖叫。我拨通我父母的号码，我母亲后来说，她以为我被袭击了。感觉的确是那样的。被恐怖的语言袭击。我被这个消息吓得一蹶不振，魂飞魄散。有人开车送我回城里，我终于找到了S，还有罗布死时和他在一起的朋友。我只有关于那个夜晚的一些片段，在抽泣和长时间的沉默中，发生的事情慢慢浮现。人们坐在地板上，焦躁不安，无法理解。细节逐渐清晰，令人惊骇、麻木。一个充满噩运的故事，很难相信它居然会发生。

罗布陪一个朋友去看一套新公寓。旁边是一个涂了柏油的平屋顶，他爬了出去，设想把那里当作一个放置唱片盘的大舞台，适合夏季派对的场所。房顶塌了，他掉进了下面的破旧房屋里，往下掉的时候他的头被撞到了。这位心急如焚的朋友冒着生命危险尝试跟着罗布爬上去，她一看到他就知道他已经死了。大家万分悲痛，但对她来说，那一刻的视觉记忆尤其残酷，是一个额外的负担。

> 我们看了什么艺术品？
> 毕加索、波洛克[1]、乔治娅·奥基弗[2]、
> 丹铎神庙[3]。
> 我买了一张明信片
> 上面有九个杰姬[4]，要不就是玛丽莲[5]。
> 我们的房东现在有妻子了
> 她见过沃霍尔[6]一次。

    我这辈子从来没有过这样的夜晚。晦涩而陌生，时间停滞，人们互相给予一点点慰藉，尽管他们已经没什么安慰可留给自己。我最后还是回了家，那些房间就像是我从未去过的地方。我筋疲力尽，神经紧张，很快入眠。我打了瞌睡，醒来时泪流满面。这样循环了许多次。还有其他一些意想不到的哭泣的时刻：淋浴时，强迫自己吃饭

1　指杰克逊·波洛克（Jackson Pollock, 1912—1956），美国画家，抽象表现主义绘画大师。

2　乔治娅·奥基弗（Georgia O'Keeffe, 1887—1986），20 世纪美国最伟大的女艺术家，被称为"美国现代主义之母"。

3　丹铎神庙（The Temple of Dendur）是一座埃及古神庙，因修建阿斯旺水坝被整体搬迁，现藏于美国大都会艺术博物馆。

4　指美国前第一夫人杰奎琳·肯尼迪（Jacqueline Kennedy, 1929—1994）。

5　指美国女演员玛丽莲·梦露（Marilyn Monroe, 1926—1962）。

6　指安迪·沃霍尔（Andy Warhol, 1928—1987），美国当代艺术家，波普艺术的倡导者。

时，公共汽车上。我能感觉到我们所有人生命中的断裂，无法弥补的伤害。当时不得不由 S 来联系罗布的父母，之后他便一直没能从那通电话中释怀。

> 在纽约的费兹餐厅，
>
> 明格斯大乐队
>
> 演唱着
>
> 海地战斗歌曲。
>
> 我们不小心坐在
>
> 为苏·明格斯[1]预留的卡座上
>
> 然后被人赶走。

在罗布生命的最后一天，他直到下午五点才起床，我对这个细节念念不忘。如果他知道这将是他在地球上的最后一天，他会做点别的事吗？埋在羽绒被里的他不会知道，他生命的时钟正在倒计时。

> 在皇后区，我们玩过家家，
>
> 照顾一只好斗的猫，
>
> 和数学老师一起
>
> 喝山姆·亚当斯啤酒

1　苏·明格斯（Sue Mingus），美国著名唱片制作人、乐队经理。

他从布朗克斯[1]来。

我的父母、S和我去罗布家探望。他们极度悲伤，也使我们痛心。大家都迷迷糊糊的。沉默地尖叫着，不停地倒茶。悲伤即迷惘。悲伤是在不同的房间里走动，和不知姓名的亲属交谈。悲伤是永久的头痛和胃部痉挛。悲伤是迟滞的时间，凝视着街上的陌生人，想着你怎么可以表现得像什么都没发生过。悲伤是为太阳还在闪耀着光芒、在天空中微笑而愤慨。我们等待殡仪馆把罗布的遗体送回来，届时会停放在他父母的房子里。

> 在波士顿的一家酒吧，崔奇正在玩耍。
> 你在台上跳舞，为吸引我的注意。
> 之后我们在街上抽烟。
> 呼出美国夜晚的空气
> 里面有刀子的闪光。

不知什么原因，我希望他在楼上。像一个康复期的病人一样调理身体，就像刚从医院或战场上回来，因流感或包扎了肢体而卧床。有人从大厅里引导我，刚右转，我就看到他了。（太快了，我想，原本希望我能走上楼去，

1　布朗克斯（Bronx）为美国纽约五大区之一。

在途中做好准备。）我的双腿不由自主地往下滑，好像一次小型爆炸，我妈妈扶我起来。我注意到房间里有一种可怕的声音，每个人都努力站在原地，所有的目光都转向我。过了一会儿，我才意识到噪声来自我；我妈妈紧握着我的手，催促我保持镇静。我不知道还能做什么，还能怎样。

> 在海湾里夜游
> 底下的生物发着光
> 你不会游泳
> 但涉水而入。
> 黑色的水
> 发着光。

　　殡仪承办人给他穿上了他最喜欢的复古衬衫，购于那个炎热的夏天，那时他在旧金山用公共汽车运送桌子。在衬衫底下，是我给他的一件栗色 T 恤，上面印了"VINYL RULES"的字样，字母"N"的左上角凸起。棺材内衬的褶边人造丝修饰着他的身体边缘。房间里到处都是照片：虎头虎脑的童年的微笑，家庭合照中闷闷不乐的少年，夏天染成浅金色的头发。一条已经停止了的时间线，像一支箭那样突然。

　　他平躺着，闭着眼睛。他看起来还是他，只是睡着了。

长长的腿，男孩的屁股，梳向一边的头发。

罗布。

但这是我认识的那个男人的一个陌异版本。还有他的肩膀……就是这个泄露了真相。我的手指在他的关节上划过，但他皮肤的起伏已经不同了。我熟悉那锁骨的线条，那骨头的鼓丘，现在奇怪地突出，必定是断裂了。我抽回手，仿佛烫伤了一样。我对他的身体受到的破坏感到震惊。他们努力使他看起来对称、安宁，但我注意到了：他脖子后面垫着的棉絮像一只枕头，对他的脑袋来说太小了。一切都不自然。

房间里弥漫着福尔马林和百合花的气味。夏日的炎热增加了它们的浓度和刺激的甜味。那天晚上，在蜡烛的簇拥下，人们在房间里进进出出，和他坐在一起。死亡中就有这样的审视。人们以一种平时从未有过的方式观看我们的面容和身体。皱纹，雀斑，指甲的形状。在人还活着的时候我们不会注意到的事情。这里有喃喃的祈祷，角落里的聊天，还有大量的威士忌。

因为野兽男孩[1]

我们寻找保罗的小店

---

1   指野兽男孩乐队（Beastie Boys），美国嘻哈乐团，成立于 1981 年。

即使我们知道勒德洛[1]

已经中产化了。最初的两天

你用所有的钱

来买唱片。

　　就像通常的葬礼一样，有很多事情需要安排，需要
做出决策。他痴迷于音乐。他的喜好多种多样，无可挑
剔：费拉·库蒂[2]、扎帕[3]、数码音乐、忍者调[4]、轨道音乐、
放克疯乐队。他拥有《布偶秀》的原声带和教皇若望·保
禄二世访问爱尔兰时的录音。从迈克尔·杰克逊到北方灵
魂乐[5]。我们怎么可能用几首歌来代表他呢？一位牧师前来
讨论葬礼的事，我知道罗布讨厌这样。这个人和他素昧平
生，用小抄胡乱拼凑出一篇毫无意义的悼词，只是虔诚的
漫不经心。罗布的父亲领我们走进一个小房间，远离屋里
所有的哀悼者。我们开始提出我们的建议，他的父亲弹奏
了一首鲍勃·迪伦的歌，他的儿子正是以这位歌手的名字

1　勒德洛（Ludlow）是英格兰什罗普郡的一个集镇。

2　费拉·库蒂（Fela Kuti, 1938—1997），尼日利亚音乐家、政治活动家，在歌曲
　　中采用独特的非洲节拍（Afro-Beat），被誉为"非洲节奏之王"。

3　指弗兰克·扎帕（Frank Zappa, 1940—1993），美国作曲家、创作歌手、唱片
　　制作人。他的作品涵盖了摇滚、爵士、电子、管弦乐等音乐风格。

4　忍者调（Ninja Tune）为一家英国独立唱片公司。

5　北方灵魂乐（Northern Soul）是一种音乐和舞蹈运动，20世纪60年代末期出
　　现在英格兰北部和中部地区，它基于一种特殊的美国黑人灵魂音乐风格，以沉
　　重的节拍和较快的节奏为特色。

命名的。[1] 他心碎不已，这首歌弹奏的音量刚刚压过他安静的哭声。弹奏结束时，我们一起为这首歌向他献上几句感谢的话……但神父反对这么做。这个根本不认识我们，也不知道我们感受的人，做出了他的决定。即使是多年后的今天，我仍然觉得他很无情，他给出的理由也让我无法理解。S 紧握我的手，他脸上闪过一丝警告，让我保持沉默。那不是合适的时间与场合，但这种对悲伤的监管太过分了。这再一次印证了教会缺乏同情心的事实。

> 另一个晚上，在我们房东的屋顶上
>
> 我们的坏相机
>
> 只拍下你和我。
>
> 在城市的灯光下
>
> 世贸中心
>
> 是不上相的、免疫的。
>
> 它们现在消失了，和你一起。
>
> 照片里充满幽灵。

　　我和罗布还是一对情侣的时候，我们在音乐上有很多共同的兴趣，其中包括尼克·凯夫[2]。头几个月，他为我

1　鲍勃·迪伦原名罗伯特·艾伦·齐默曼（Robert Allen Zimmerman），罗布（Rob）为罗伯特（Robert）的昵称。

2　尼克·凯夫（Nick Cave，1957— ），澳大利亚音乐家，素有"音乐界颓废诗人"之称。

买了《船工的呼唤》(*The Boatman's Call*)这张专辑，我们循环播放。一整天躺在床上听，在开往戈尔韦[1]的巴士上各戴一只耳机听。我们的恋情有许多可以用作背景音乐的专辑，这是其中之一。在无数唱片的开场曲目中，《投入我怀抱》[2]排名靠前。它用一种恳求的语气合唱，来作为指引，希望你爱的某个人平安；在我看来，它似乎是在直接建议做一场弥撒。一首他爱的、有我们共同知晓的意义的歌，一首暗示了崇高和宗教的歌。我每次想起开头的歌词便脱口而出。我看着这位牧师，想起他早些时候对我们的提议不予理会，我确信他不会赞成这首歌的内容。他不会倾听为什么它对我们而言如此特别。他会否决。怎么办，怎么办，怎么办。

有人按下播放键，一段钢琴独奏之后是凯夫沉郁的嗓音：

> 我不相信一个会干涉我们的上帝
>
> 但我知道，亲爱的，你相信。

我们像提前计划好的那样围坐一圈。五个音符过去了，我决定我不会让这个人——一个不了解我们和我们的悲伤的人——否决这首歌。于是我快速思考并采取相

1　戈尔韦（Galway）是一座位于爱尔兰西部的城市。

2　《投入我怀抱》（"Into My Arms"）为尼克·凯夫的歌曲。

应的行动。我假装咳嗽突然发作，像个维多利亚时代的结核病患者一样，在唱到上面两句华丽的、宣告性的歌词时还咳着。尼克的声音充满了整个房间，唱着一首呼吁拒绝干涉的歌曲，"不要碰你头上的一根头发"。我想起罗布的头躺在隔壁房间，伤口敞开，他的头发上沾满了他跌下去撞到铁梁时流出的鲜血。

> 站在拐角处，
>
> 摩天大楼成了肉身。
>
> 黄色计程车喇叭刺耳
>
> 而你感觉像在家一样自在。

这天晚上，屋里很安静，只剩下必须留下的人：亲密的朋友、亲人和邻居。那天晚上唯一一次，我独自在房间里。站在棺材旁边，我看着他。他那古怪的脸，不甚光滑的皮肤，口齿不清的嘴；他那长长的身躯，如同一个静止的连字符。有人靠在我的背上，我转过身去安慰，但房间里空空如也。像人的重量一样真实。我没法解释。在接下来的几周里，当我独自一人时，这种情况又发生了两次，还有一次是在李·佩里[1]的演出上。我们一群人一起去参加纪念罗布的周月追思弥撒[2]，也就是他去世四周的纪

1　李·佩里（Lee Perry，1936— ），牙买加唱片制作人、歌手。

2　周月追思弥撒（month's mind）是为纪念一个人死后一个月而做的弥撒。

念日。场地已经半满了，S 在吧台的时候，我站在一个圆形的空间内，然后，我再次感觉到有人重重地靠在我身上。当时离我最近的人在五英尺外，那晚之后我再也感觉不到了。几年后，在工作中，一位紧张的同事告诉我，我"对感知刚去世的人有一种天赋"。这是从我外婆和外曾外祖母那里继承的一笔不稳定的遗产，我有点不愿意接受，也不愿意相信。

> 在市中心的酒吧
>
> 闪光在镜子里
>
> 组成一个圆形
>
> 你唯一的照片
>
> 看起来喝醉了
>
> ——但是很开心。

罗布生前，我最后一次见到他是在我的生日那天，比他的生日晚四天。包括 S 在内的一群朋友，已经在一家日本餐馆为他庆祝过二十四岁生日，举杯庆贺未来的可能性。坐在那张桌子上的我们谁也不知道，两周以后，我们会被叫去参加他的葬礼，阳光突兀地照耀着。和他的家人互述故事，喝着啤酒。有人突然去世时，我总会想起一周前那个确切的时间他们正在做什么。如果他们提前知道的话，会怎么做？向某人表白他们的爱，服用迷幻药物，实现一个幻想，去异国旅行。意外死亡没有时间表：星期二的时候你在工作，睡觉，大笑。下一个星期二，埋在地下，被三米厚的泥土覆盖。

一个人怎么能在二十四岁之前做完想做的所有事情？

门关上了，光消失了，悲伤到了。

但是，告诉我，有没有这样的时刻，夏日的天空，

鸟儿穿行的音符，聚会上的最后一首歌，

让你心潮澎湃？那样够了吗？

在罗布去世之前，我就已经确定，我会和S在一起。发生的创伤拉近了我们的距离，从那以后我们一直在一起。最初的几个月是紧张的，令人兴奋的，却因失去罗布而受到明显的妨碍。我们也许会抗拒讲"我们如何相遇"的故事，但这是我们的故事，尽管它与悲伤如此紧密相连。这件新发生的事情，持续了下去，而如果没有我们心爱的朋友，就永远不会发生。我们给儿子的中间名起名为"罗布"，而且我们会和孩子们谈论他。我经常和他最大的妹妹通话，他去世时她还是个十几岁的孩子。罗布不在的这个世界，世事轮回，又一年过去。所有他从未去过的那些地方，他未能亲眼见证长大成人的妹妹。我从没听说过

他会生病，从来没有。他的身体向来坚韧，直到那次灾难般的跌落。我们所有人的生命还在继续，他的生命却只在别人的回忆中转瞬即逝。也许还有另一种结局：一种平行世界里的生活，他逃离了这个国家；不是辞世，而是去了别的地方。我想象他回了旧金山，和许多人做爱，创造音乐，在防火梯上抽烟。我看到他那高大的脊背轻松地穿过海特–阿什伯里[1]，在那些起伏的道路上穿行，在海湾大桥下弓身行走，消失在城市的灯光之中。

---

[1]　海特–阿什伯里（Haight-Ashbury）是旧金山的一个街区，曾为美国嬉皮士文化和反文化运动的发源地。

On the Atomic Nature of Trimesters

十月怀胎的原子能属性

凡是拥有健康的子宫并能供应优质卵子的女人，总想要个孩子，这已成了一条举世公认的真理。我们知道这一点，我们女人。要求我们每个人必须生育或想要生育孩子的指令，甚至早于圣母马利亚（在尚未交媾的情况下）奇迹般诞下耶稣基督的事件。生育和繁殖的冲动和所有其他自由意志的行为一样任性，却与许多别的关于完美女性的模板一起强加在女性身上。要瘦！要美！怀孕吧！整套概念都建立在"生物学决定命运"的基础上，就好像女性做到极致就是当一个母亲。但不是每个人都想成为母亲。不是每个女人都有能够受孕的子宫，或者方便得到精液。关于女性的身体是什么，应该怎样，或者可以做什么的假设已经进步了，但是让她们最终选择做母亲的期望却一直存在。

有很多用来称呼女人的词语不堪入耳。这些术语在

"女性诽谤"词汇表中霸占了恶毒的一席之地。我们知道这些词，它们有刺耳的辅音字母，它们是最受欢迎的侮辱性语汇。那些生殖器词源意在提醒女性，她们对于男性的作用和价值。

无母性的（Unmaternal）。这个"无"字表明了它的怪异。但凡"无"什么，是指"什么"的反面，与之相悖：就是说这个"无"指不正常。还有一个词是"无子"（childless）。选择不生育的女性——尽管乐于这么做且没有任何负担——被塑造成没人爱的孤僻者。只关心自己的恶妇人。罗尔德·达尔[1]笔下只想折磨孩子，而不愿生孩子的秃顶怪物。一个不像女人的女人。似乎表达关怀和仁慈的唯一方式，就是创造或教养另一个生命。在网络搜索引擎中输入任何一位女性名人的名字，"孩子"一词都会出现在自动完成搜索选项中。女性应当抚育孩子的说法很早就有了；如果你自认是女性，就无法避免生命中的情感劳动[2]。洋娃娃——那些假婴儿——是一项通行权，我拥有的每一个洋娃娃都被抱着巡视过，我给它们唱催眠曲，要求它们永远紧闭的嘴巴保持安静，给它们的塑料四肢洗澡，给它们穿衣服。其中一个娃娃接受了一次剪发的尝试，剪后看起来就像是 X-Ray Spex 乐队的主唱波莉·斯

1　罗尔德·达尔（Roald Dahl，1916—1990），英国儿童文学作家、剧作家和短篇小说家，代表作包括《查理和巧克力工厂》《了不起的狐狸爸爸》等。

2　情感劳动（emotional labour）与体力劳动（physical labour）相对，但情感劳动主要围绕情感付出心力，往往主要由女性参与。

蒂林。当我身处一堆短靴、围兜和倒过来就重新装满的假奶瓶中间，眼里一定闪现了母性。那不是一个像80年代家用录影带般在屏幕上模糊定格"就是那儿!"的特殊时刻。在时间线的某个点上，我肯定想过我会成为一位母亲，主要是因为我喜欢这个想法，而不是因为我知道人们期待着女性追随这一宿命。

我是家中唯一的女孩，在我前后出生的是两个很棒的兄弟，但是直到母亲度过生育适龄期，我都一直渴望有个妹妹。我不停地恳求、乞求，说我会照顾她，希望母亲考虑再生一个小孩。在我和我兄弟们的少年时代，只有我每天都被警告，不要回到家时带来意外怀孕的消息。警告我那些怀孕的少女是如何毁掉了生活，前途如何渺茫，身体如何受到摧残。

我们二十多岁时，大学毕业后，怀孕是我和我所有的朋友都最不想要的事情。婴儿就像人间地狱。是梦想、工作和旅行的沉重障碍。当时有孩子的朋友，现在已经摆脱了为人父母的辛苦。他们自由了。但在那时，孩子被认为是遥远的土地，有一天我们可能会停靠在那里的码头上，沿着跳板走下去，直视母职的眼睛。那二十来年的青春，也被用来揣摩身体，聆听身体，徜徉在身体的循环中。不要怀孕的警告不断，但没有人谈论我们的身体实际是如何工作的，好的生育窗口期和坏的生育窗口期，在没有月经小程序和排卵棒的年代应该如何管理我们自己的生育潜能。关于排卵的所有概念是模糊的，我们自己的子宫对我们来说是神秘的。直到主动决定要一个孩子时，人们才低声谈论宫颈黏液。它是多么的关键，它那蛋清一样的黏稠度。对怀孕而言相当于龙涎香。[1]

我年轻时不想要孩子。与美国高速公路或遥远时区的诱惑不同，它并没有激发我的渴望；但我把这种感觉藏了起来，以后再说。当然，它就在我的余光里：一只起飞的鸟的那一抹颜色。即使经过精心准备，大多数妇女还是会有怀孕恐惧。数日的检查和等待。我们的生理生活受数字的影响；二十八天的循环周期（这种情况比较罕见），等待两周后尿在一根验孕棒上。然后是人生的十字路口：如果这是我们想要的结果，那么就会兴奋而紧张地等待十二周，再宣布这一消息。或是另一种情况，一场毫无计划的危机，进行着可怕的计算：计算日期，汇总费用，以实现这件事与个人财务状况之间的平衡；决定——在爱尔兰历史上一直延续到前不久——前往另一个保障生育方面自主权利的国家。

正常来讲，我们应当对自己的身体充满信念。相信它会在我们准备好的时候也准备就绪。生活是一般现在时；是从薪资支票到经期的月历循环。每个女人都认为她们能怀孕——直到她们发现自己不能为止。尝试一次，

1　龙涎香是一种高级香料，取自抹香鲸的内分泌物。作者在此比喻宫颈黏液的重要性。

然后是三次，几个月就过去了。朋友们谈论喷鼻剂和自我注射，谈论无数的体内检查，谈论婴儿为何没有心跳，谈论回家吃药。

一个女人生来就拥有她全部的卵子。我从未想过这一点，直到我的肺被一个血块灌得咯咯作响，管子插入我的体内。我那时二十八岁。科学判定我处于二十至三十四岁的最佳生育窗口期中间。我想象自己在一个电子网格上，数学图表上的一条小曲线，一个振幅。我认为自己有责任：我当时正在服用避孕药，并以为还有几年时间可以避免怀孕。然而在一个寒冷的星期天的早上六点，救护车来的时候天还黑着呢。我被诊断出患有血癌，有人告诉我第二天就要开始化疗。任何事总是从星期一开始。工作周，新的开始，我的余生都将从周一开始。一切都将变得不一样的第一个完整日子将是星期一。在这二十四小时的匆忙中，有一个想法反复出现（不是死亡，因为我不能允许自己去思考死亡）。我的卵子。我的卵子怎么办？这些年来，我一直用人造雌激素和黄体酮轰击的这些卵子。

当医生们透露我可能会死时，时间既加速，又静止，成为一种珍贵的商品。他们冷静地告诉我，已经没有时间冷冻卵子了，医生称之为"卵母细胞保存"。在我的身体里，恶性淋巴细胞正在屠杀健康的卵母细胞。此时的爱尔兰，还没有条件保存卵子。

这个坏消息传来时，我闪进到未来，想到我不会有孩子了。我不能想着正在显形的癌症恐怖，所以我想到了卵子。我试着计算了一下。我有多少，我用完了多少，那些年的月经，每月的月经到来时心中的解脱。我把它们想象成白色的，然后是红色的，然后是清澈的。它们是卵叶形的还是蛋形的还是椭圆形的？也许是后者。我的生育能力成为一个省略的开放式问题⋯⋯

我会有孩子吗？

⋯⋯

我不孕了吗？

⋯⋯

我的人生是怎么走到这一步的？

⋯⋯

和震惊、一包包血袋和吐出的血样呕吐物一块儿的，还有另一种药物。不是避孕药，却是它的一个变体，经常用于激素替代疗法或治疗其他妇科疾病。如果不用药，我本身就有凝血风险，所以顾问医师给我开了炔诺酮。它近似于人体的天然黄体酮，可以抑制促性腺激素：卵泡刺激素和黄体化激素——所有这些激素都是女性身体孕育婴儿所需要的。就像疾病一样，妊娠也有自己的词汇，用于命名那些你从来不知道，或不认为存在的词汇所表达的东西。以我的案例为例，这种药也可以用来抑制排卵，以及促使子宫内膜上皮发生变化（这让我想起一场花哨的化妆秀，把帘子拉开，就会看到一个曾经斑驳的子宫如今变得线条光滑、耀眼，像天鹅一样）。我喝下这些药丸，镇压我的卵巢，孩子就成了不可能的壮举。将近一年时间没有见血了，这让人心神不宁。这一定是怀孕的滋味，我想，听着医院夜晚的声音。恶心、不流血、改变人生的身体变化：它们既模仿怀孕，又与怀孕相反。在我体内有新的、不熟悉的细胞在生长，在繁殖，在分裂，但它们不是一个婴儿。

六个月的化疗和并发症之后，医生宣布病情好转。一位妇科医生测试了我的激素水平，并认为它与"绝经后的女人"的激素水平相当。我开车时，她的秘书打电话来。我靠边停车，在高速公路的紧急停车区哭泣。从癌症的困境中走出后，我又紧张地卷入了维持治疗，服用三种不同的药物。一是全反式维甲酸，它救了我的命，而且它只对我这种特定的白血病起作用。它极其昂贵，每次我回来复购一批新的，药剂师都会轻轻叹气，同情地皱起眉毛。这些胶囊毫不起眼——不透明的红色和黄色，是我经常碰到的信号灯的颜色——但它们的塑料外壳里含有大量昂贵的有毒物质。加上另外两种药物，我每天总共服用9粒，连续服用十五天，每三个月服用一个疗程，连续服用两年。我总共吃了1080粒全反式维甲酸胶囊。副作用不计其数。头痛原先对我来说很少见，但现在由于"良性颅内压增高"，头痛的频率常使我眼花。我的皮肤总是很干燥，掉屑掉得像迷你暴风雪。还有一个更异常的副作用，是一种奇怪的视觉障碍。问题可能出在视网膜或角膜上，在数月之中，我视野里只能见到模糊的影子。

两年的全反式维甲酸治疗和维持治疗过去了（还有一种并发症，与爱尔兰当时严苛的生育法规有关），我被密切监测是否会旧病复发。生育的希望太渺茫了，康复的时候想都不敢想。最渴望的还不是婴儿，不像手术后渴望冰块，或是生病几天后渴望一顿大餐。由于服用过全反式维甲酸，所有专业医生都建议我至少等六个月再尝试怀孕。我等得更久。

我的身体状态不佳，正在好转，但基本仍处在医学世界里。精神上，我权衡着已经发生的事情和它的意义。未来的道路将是漫长的，也无法知道持续的康复期最后会有什么样的结果。就怀孕这件事而言，统计数据对我不利。有一件事是确定的：经历过多年的手术，在候诊室、病房和拉上帘子的病床上度过的日子后，我知道我不会尝试试管婴儿。我已经达到了侵入性手术的极限。我的身体需要休息。够了，它低声说。我丈夫对此没有意见，我们决定自然地、紧张地尝试。决定要一个孩子应该是相当快乐、相当有趣的，但对我们来说，却相当令人望而生畏。我充满恐惧，不想对自己失望，不想看到我的身体再次失败。我把这些想法推开了。

我的生日是在夏天，是露纳萨（Lúnasa）的前夜，这

114

是一个古老的凯尔特节日，祈求秋天有个好收成。这一年早些时候有圣烛节[1]，也就是圣布里吉德[2]节，这是与生育有关的节日。我三十二岁了，准备好迎接一切。母职这件事已经变成了另外的东西。成为一种我会考虑却又试图忽略的状态。它的抽象性早已消失，它徘徊在我的生命中。十一周后，验孕棒上有一条淡淡的粉红色线条。幻觉。后来又测了一次，更昂贵的一次，测试结果是用文字而不是红线宣布的。对结果的等待占满了整个房间。眼睛看向水槽，转到浴缸，再到地板，看到任何可以看的东西。这种感觉不是愉快的期待或者说盼望。它很熟悉。和人在等待坏消息时所经历的一样。

然后"怀孕"一词出现在了那个小方框里。

有相当多的不相信，不只是在那一刻，而是在最初几周里。仿佛我成功完成了一个巨大的骗局，欺骗了我的身体，让它把我渴望的东西给我。我实施了一次抢劫，跳进一辆潜逃的汽车，将警报器和警笛的轰鸣声留在身后。

我等着不好的事情发生。它总是在外围，像药物对我眼睛产生的副作用——旋转的万字符，我等着我的身体搞砸。我的骨头和我的血液有它们的形态，它们做了本来不归它们做的事。我说服自己，即使我的身体正在试图

1　圣烛节（Imbolc）是古老的凯尔特宗教节日，爱尔兰语为"挤奶"之意，是为了纪念春日的到来。

2　圣布里吉德（St. Brigid）是在爱尔兰备受尊崇的圣人，传说在圣烛节的这天夜里，圣布里吉德将带着礼物到访，祝福人类和牲畜。

做一件大多数女人都能轻松完成的事情，但我会失败的。我不能让自己相信它，也太害怕告诉任何人。

就在这个新的小人儿在我体内生长的时候，我母亲正在接受癌症治疗。她进行了化疗和手术，在医院进进出出。我很想告诉她，但不希望她担心，也害怕这件事最终失败，那会让她失望。

现在这件事似乎要成真了，我当母亲的冲动是坚定的，在最初的几个星期里，我愿意做任何事情来确保这一点。卖掉我所有的东西，和魔鬼签订合约，捐献一个器官。而且那时我知道，如果整件事在今天结束，或者在下周结束，或者在我怀孕三十九周之前结束，我也永远不会失去这种冲动。不会回到不想要孩子的状态。

第七周时，我的产科医生坚持要做一次早期扫描。开车去那里的路上，我一路哭泣。我们离医院越近，我就越不想进去。这个微小的东西——一团细胞，验孕棒上的一条粉红色的线——它太小了，无法在盆腔超声波上显示出来，所以是经由阴道进行扫描，一根魔棒——他们用的是这个词——插入我的子宫颈内。这就到了我该相信魔法，或者说是召唤神秘力量的时候。屏幕上显示出模糊的层次和形状，直到医生微笑着叫我丈夫进来，我才发现，我此前一直屏住呼吸。她指着某个非常微小的东西说那是你的孩子。我让自己完全沉浸在这种感觉里。让它把我填满。这是彻底的快乐，在它自己的完整里头。

有了好消息，我们的冲动是分享它，但我们太紧张了，不想去试探命运。日子一天天过去，既想慢慢品味这种感觉，又希望每一周尽快过去，因为孩子会越来越强壮。检查身体之后，恐惧就来了。生活即将偏离轨道，一切都将一去不复返。而且，你要如何对待这么小的生命？

扫描的那天，我进了一家医院，我母亲则从另一家医院出院了。刚过去的两个月是无情的，好消息寥寥无几。那是十一月下旬，她正躺在家里的床上。我们去拜访，说有一份提前的圣诞礼物给她。我坐在床上，递给她那个模糊的图像，一张薄薄的方形的闪闪发亮的相纸。她盯着相纸，想弄明白那是啥。然后我们都笑了，流下泪水。她责备自己没有猜到，但是她已经有很多事情要处理了。到了圣诞节，将满十二个星期，我们可以开始告诉朋友了。

几个星期过去了，除了每天早上烦人的呕吐之外，我没有其他的恶心反应，除非我吃东西。疲倦的感觉就像有人用砖块砸我的头。我渴望吃甜食，烘焙布朗尼饼，一盘盘地做出来，一盘盘狼吞虎咽地吃下它们。最初的胎动像鱼撞在鱼缸壁上。我出现在电视上，一个朋友的妈妈轻描淡写地说，连你的手指看起来都很胖。即使是陌生人也会对孕妇的身体发表意见：体型是庞大或纤细，怀的是男孩或女孩，乳房是否更下垂了，头发是否更闪亮，是否"熠熠发光"——一种故作多情的状态。每个人都关切地歪着头说你小题大做了。那些你不愿与之共用勺子的人，将手放在你的肚子上，意识不到这是一种侵扰行为。孕妇的身体不仅仅是它主人的领地。在孕育另一个生命的过程中，你变成了公共财产。全世界——医生、友邻、排队购物的妇女——都觉得有权对此发表意见。

几个月过去了，平安无事。定期的胎儿扫描检查是为了监控情况的发展，但没有什么可报告的。一位做超声波检查的医生在二十一周时不小心泄露了孩子的性别，但我已经知道那是个男孩。尽管我已经学会了不依赖我的身体，它还是做了一切应该做的事情——直到最后。在预约的剖宫产日期前三周，我去看医生，回家的路上，我穿过停车场，一阵剧烈的疼痛潜入我的下背部。我没有躺下，而是开车去百安居公司，一鼓作气买了些架子和油漆。疼痛挥之不去，带来一连串的余震。我的脊椎持续隆隆作响，我提醒自己，这个男孩的预产期还要等二十天。那天晚上，我丈夫逗我笑，情况就发生了。羊水喷涌而出，我在楼梯上留下一条羊水的小径。我们知道他已经快来了，于是冲进夜幕，忘记了应该带去医院的包。

从开怀大笑导致的羊水事故到孩子出生，整个过程不到三个小时，他就来了。我往下看去，当他从我新月一样的肚皮下面出现时，他的哭声是我听过的最真切的声音。一个独特的音符，一首我们之间的歌。惊喜胜过感恩，感恩胜过解脱。在我儿子降生后的几个小时里，我吐出了所有麻醉药，目不转睛地看着这个小小的男孩。他囟门[1]上的脉搏，他完美的四肢的粉红色。他的双手蜷曲得像个秘密。每个母亲都这样，一直如此。沐浴在新鲜感中，这种前所未有的感受。对他，对黎明，对如今成为人母的感觉。药物把我从恶心拉回到筋疲力尽的状态，但我的眼睛不肯闭上，一分钟也不想离开他。

在最初的日子里，有人来检查他的髋部。往日的不安，对一切都好的等待，在他身上更持久。我意识到永远都会是这样了。我的骨盆——过度手术，太多钻孔，刮过骨的骨盆——已完成了一次孕育。它坚持到了一年之后。我的儿子九个月大的时候——一个婴儿在妊娠之中的时间长度，他爬着，抓着，多么好奇——我回到同一间浴室里，同一扇小小的塑料窗户上写着同样的黑色字体的告示。这是计划之外的事。我沉浸在震惊之中，又感到万分幸运。很难相信我的身体挽回了颓势。在我让它做了这么多事情之后，它回应了我。一个下午的时间里，我从流下震惊的泪水，到感觉幸福，再回到曾经熟悉的恐惧之中。两年内会有两个宝宝。请坚持住，请你平安无恙。我说。

不会有两个相同的婴儿。妊娠也是如此。我只大了

1　囟门是婴儿刚出生时因头顶颅骨结合不紧密所形成的间隙。

一岁，但产科医生建议我做一项颈褶厚度检查，为此还要做另一项检查。十五周后，我躺在一张检查台上，一个男人把一根巨大的针扎进我的肚皮。这一操作有 1% 的概率造成流产。感觉就像恐怖片的场景，透过指缝，我看着自己，假装漠不关心地从上面俯瞰这一场景。检查结果需要等待两个星期。整整两周我们都很焦虑，就连我儿子的一岁生日派对也受到影响。我微笑着把蛋糕分给大家。一通电话终于证实一切都很好，因为这涉及染色体，我问起孩子的性别。听筒那边传来纸的沙沙声，手机夹在下巴和肩膀之间的声音。是个女孩。怀孕完全就像一个奇迹。我对婴儿的性别从来没有偏爱。两个男孩也可以。但她会是个女孩。一个女孩。我们的女儿。

一切照着我初次怀孕时那样进行，直到我的骨盆和脊椎骨开始疼痛。她在我身体里安顿下来，霸占在我的那些骨头当中。将近二十年之后，我重新熟悉了拐杖，在妇产医院里来回走动，接受理疗。理疗师很同情我，但必须用力按压，以驱散我髋部碎裂的外壳周围隆起的疙瘩。我配合着，就像医院里女人们常做的那样沉默地哭泣，而她在我的肌肉组织上使劲，留下了暗青而愤怒的瘀伤，好多天都不散去。

怀孕时，身体是一个由软骨、肌腱和数层子宫组成的器皿。躯体（这是一个更具宗教意味的词语），子宫的主体，承载着它脆弱的货物，一艘穿越陌生海峡的轮船。

皮肤上的盐，静脉里的生理盐水。这次怀孕变得像溺水。我的肺部是破帆，拒绝鼓满空气。它们坍落下来，拒绝鼓起。医生们得出结论，问题可能出在早期化疗引起的心脏损伤，但经过检查后——看过更多的导线检查、电子屏幕成像和测量结果后——却没有得出确凿的结论。这次怀孕的唯一证据就是我丈夫每周给我不断膨胀的肚子拍的照片。欣欣向荣的隆起与我崩解的髋部互相不对付。我如今真要回想起这次怀孕，没有哪一刻是没有痛苦、没有剧烈的生理反应的。我无时无刻不渴望橙子和柑橘，胃里无时无刻不在灼烧，在我奋力入睡时必须用关节狠狠夹住枕头。那些怀孕的日子需要忍受而不是享受。我从来没有像当时那样在意日历，在意日子的流逝，在意钟表的运行。

　　阵痛始于一个星期天，当它持续不断时，我们开车去了医院。"你没有临盆。"他们说。我怀上儿子的时候也经历过宫缩，我的判断与他们不同。我很快又回到了通常为自己的身体情况进行申述的旋转木马上。最终入院后，我和另外五个女人躺在一个房间里。其中有一个年轻的女人，也许才十八九岁，浑身上下相当瘦，她的肚子就像一只不成比例的大锅。一个年纪大点的、有不止一个孩子的妇女；一个不停打电话的年轻的拉脱维亚女人，她对着电话喋喋不休，像是用单一语调说着独白，跟纽约出租车司机全程通过蓝牙与地球另一边的人通话差不多。

　　从白天等到晚上，我在床上打滚，像抓救生筏一样抓着床单。我丈夫叫来一位护士，她又坚持说："你没有临盆。"为了分散自己的注意力，我想着：你的脸长什么样子？

我还没出生，安慰我吧。

一句路易斯·麦克尼斯[1]的诗句浮现在我的脑海中。

我在宫缩间隙和女儿说话：我在这里。你很快就要到了。我等不及要见你了。

后来，在黑暗中，六台监控仪器发出嘟嘟声，相互应答。一个女人被推走了，她号啕大哭，我知道我将无法入睡了。临近午夜，阵痛加剧。唯一解脱的办法就是在走廊里贴着墙壁走动。医院很寂寞。尽管熙攘忙碌，却很容易感觉到孤单。夜晚情况更糟，白天的门诊都关门了，所有的访客都走了。我走动的时候，不会有人从我身旁经过，陪伴我的是呼喊声和呻吟声，显示器的咔嗒声和输液的滴答声，帘子后面闪烁的手机屏幕发出的光。

"你还好吗？"

一名年轻的护士注意到我正在同一条路线上反复走动，都快把走廊踏破了。我的产科医生在二百五十英里之外，已经电话通知过她，她将彻夜赶回。预产期还有一个月。我的女儿即将离开我的身体。我的骨头已经受够了，我想知道它们是否私下谈判过。你能早点走吗？老这样不

1　路易斯·麦克尼斯（Louis MacNeice, 1907—1963），爱尔兰裔英国诗人、剧作家，"奥登派"成员之一。

行。如今的我了解我的女儿，她善良、富有同情心，愿意接受任何事情，她会礼貌地答应的。或许甚至是微笑着，然后磨炼自己，开始向世界迈进。

一位护士给她注射了类固醇，以促进她的肺部生长。我打电话给正在睡觉的丈夫，让他回医院。后来，在手术室外的一辆推车上，我再次打电话给他，怀疑他又睡着了（事实证明确实如此）。请快点来。她比计划提前了四周。如果哪里出了问题，我不想独自面对。

脊髓麻醉，病号服，医生在我的脚头工作，在手术床尾栅栏的另一侧。在这里，最可靠的感觉是听觉。我的半边身体已经处于麻木状态，腰部以下毫无知觉。除了屏幕和蜂拥的医护人员，我什么也看不见，于是我便聆听，仿佛在等待黎明时分的鸟儿。努力听她的第一声叫喊，那声音将宣告她到来，她安然无虞。剖宫产婴儿的特点是，你会先听到他们的声音，然后才能看到他们。一双手重重地压在我的肚子上，一种翻滚的感觉。挤压，牵拉，随后她被举起来，举入这个世界。她在手术室的空气中哭泣。她的脸色让人担心，两名护士把她带到房间的另一边。他们忙碌地摆弄着氧气罩和导管，感觉过了好久好久才把她带回来。他们只允许我短暂地抱抱她，不到一分钟就把她带走了。带到楼上那新生儿病房里的塑料箱海洋里去。我独自度过了她在这个世界上的第一个夜晚。一名护士拍了一张照片并把它带到我的床边，由于我打了麻醉，我在哭泣和呕吐之间切换。我一次只能打盹几分钟，做着疯狂的、迷幻的梦。后来，我丈夫用轮椅推我进电梯，我腿上放了一个应急塑料碗，以防凶猛的呕吐。在灯光下，她的颜色变了。她闭着眼睛，像是在努力地集中注意力思考什么事情。

　　微嵌合体发生在妊娠过程当中，就在胎儿的细胞穿过胎盘，与母亲的细胞结合期间。婴儿会在母体内留下一道痕迹，一串细胞的飞机云。它们永远留在母亲体内，深深钻入骨髓。得知我的身体里将永远带着我的孩子的一部分，我很感动。我也知道我再不会做这件事了。我的身体已经完成了使命。腹部和子宫缝合起来，就像一本书的装订。很快就会出现一条新的缝合线。关节受到重创，必须设法修理。我的身体距离我像她那样原始的婴儿状态越来越远了。它耗尽精力，式微衰败，却给了我这些孩子。每当设想未来几个月与骨科医生艰难谈判的情景，我就会看她的脸。看着她脖子上微微起伏的脉搏和柔软的眼睑缝，紧闭的双眼将世界挡在外面。

Panopticon: Hospital Visions
全景式监狱：医院视野

你很可能是在一家医院里降生到这个世界的。在了无修饰的灯光下响起最初的哭声。从你母亲穿着的手术服那片蓝色的海洋下出现。立即暴露在医护人员的注视下。医生们给你称体重，观察你，等待你发出信号：我在这儿，我活着，我呼吸着。像蜗牛壳一样的拳头敲打着空气。

医院的庞大之躯占据着许多公顷的土地，里面的布局让人心神不宁：白色的迷宫，锐利的直角和没有尽头的走廊。病人是一条无足轻重的小鱼，在 X 射线湖和门诊病人水库之间的溪流中穿行。穿过小隔间、房间、住院病房和走廊的边界。

在写这篇文章的时候，我发现了身体上的一个问题。又来一个？我想。我没有因为身体可以如此轻易而规律地动摇而惊讶。我拖延，吃止痛药，当肿胀不消退时我继续拖延；我一直拖延到我明白不能再忽视它了。全科医生把我安排进一家妇科医院的急诊室。入院，被插上粉红色和紫色的管子（什么时候医用管子也变得这么少女系了？），并接受静脉治疗，直到第二天做手术。你在备孕吗？这是治疗任何女性之前必问的问题。疼痛没有停止，反而越来越严重。解释这种具体的感受就像试图去描述生育、坠入爱河或悲伤这类私密的体验。

推车轮子滚动的声音和汽笛的轰鸣声。我这周上晚班。机器呼呼飞转。食物托盘叮当作响。护——士！血压泵完成工作时唱出三个音符。病人呼叫铃的叮当声。软底鞋的吱吱声。气动门铰链推拉起来像在嘶吼。那些在这里呼出他们最后一口气的人幽灵般的长叹。医院很少是安静的。2013 年，布赖恩·伊诺[1] 创作了《为蒙蒂菲奥里创作的 7700 万幅画》（"77 Million Paintings for Montefiore"），这是为布莱顿的一家医院创作的音乐作品，或许也是一种对抗医院嘈杂声的尝试，为抹杀那片空间里刺耳的杂音。这是一首具有创造性的乐曲，它不断变化和发展，在医院前台播放。另一层楼也播放着一支较长的乐曲《为蒙蒂菲奥里准备的安静房间》（"Quiet Room for Montefiore"），

1　布赖恩·伊诺（Brian Eno，1948— ），英国作曲家、音乐制作人。

意在促进患者康复，或为取代标准的医院背景音：人的活动，自动售货机，访客，其他病患痛苦的呻吟。

在顶楼的一间病房里，能听到一个断断续续的持续敲击的声源。我猜是鸟。"是**那只鸟**，"一名护士解释道，"一只绑在一根线上的假鸟，用来吓跑其他的鸟。"它永远在空中，碳纤维制成的翅膀在平坦的屋顶上跃跃欲试。每当风吹过的时候，我都试图在它的每一次降落中找到一种节奏。

我好几个星期没注意到空调开着。直到它变得像耳鸣，咔嗒声变成了耳朵里让人无法忍受的蠕虫。护士和清洁工说他们听不到，但它每晚都打一整夜的雷。是地板下泄密的心，黄色墙纸里的女人。

你们听见了吗？血液科医生对围在我病床边的医学生说，他们像一圈涂白漆的尖桩栅栏。血块听上去就像一扇吱嘎作响的门。他说。

他们走后，我听着那门铰链的声音。

医院和画廊没什么两样。互动的空间，声音和色彩的大型装置，唤起情感并在感官上发挥作用。墙上的艺术融合了现代和古老的祈愿。政府拨款购买的画布挂在圣心画和宗教雕像旁边。在医院最长的走廊上——那是医院的脊柱——黑色的图画按均匀的间隔挂在墙上。抽象的，墨水画的，形意不明。每当我经过它们的时候，我都会往地上看。有点压抑，对不对？推着我轮椅的护工说。

20 世纪 40 年代，英国艺术家芭芭拉·赫普沃斯的女儿在一家骨科医院接受治疗，她本人则遇到了外科医生诺曼·凯普纳。赫普沃斯更著名的身份是雕刻家，但凯普纳邀请她用两年的时间为手术过程作画。赫普沃斯用墨水、粉笔和铅笔捕捉到的不是伤口的血和手术过程的侵略性，而是修复身体的工作，是外科手术治疗方法。赫普沃斯称，这两种职业有相似之处：

在我看来，内外科医生与画家 / 雕刻家的作品和创作手法之间有着非常密切的联系。在这两种职业中，我们都肩负使命，而且我们不能逃避后果。整个医学界都寻求复原和保持人类身心的美丽和优雅；而且，在我看来，无论一位医生面对的病症是什么，他从来没有忘记自己致力于守护人类的思想、头脑和精神的理想或完美状态。

新的一天，新的小隔间：隔壁床上的女人对着她的电话说悄悄话。我的尿没问题。

我早跟你说过。

床围帘子毕竟不是门。私密的咨询声飘荡在空中，医学词汇的窃窃私语。数字和百分比一股脑儿倒下来。另一头有人说着俄语——医生还是病人？*Spasibo*，他们低声说。是"谢谢"的意思。

一位医生在网上发表了一篇意见文章，评论爱尔兰急诊科人满为患的问题。由于病人被"倾倒"进急诊科，医院已经超载。这是不寻常的遣词。把病人比作美酒，把他们的身体斟入一杯盛装伤亡人员的雕花玻璃水晶器皿。

在妇科医院，护理人员大多是菲律宾人和爱尔兰人，他们殷勤亲切。他们的薪水比医生少得多。为什么这么多男人学妇科？我问了一个人。这是医学界收入最高的领域，所以……因为钱啰。

如果勒·柯布西耶[1]所言无误，即一座"房子是一台用于居住的机器"，那么医院又是什么呢？也许是另一种机器，但它不包含任何与家有关的东西。是一座延展技术的仓库，暂时安置着人们，却没有家的熟悉感。它是一

1　勒·柯布西耶（Le Corbusier，1887—1965），法国建筑师、城市规划师、作家，现代主义建筑的主要倡导者，被誉为"功能主义之父"。

座全景式监狱，几乎没有隐私，病人总是以某种方式被观看，即使不总是被确切地看见。医院是一处进行必要隔离的场所，在那里必须放弃控制。在其内部存在风险。比如麻醉后醒不过来，或是感染，遭遇耐甲氧西林金黄色葡萄球菌，打喷嚏的、不带纸巾的访客带来大量病菌的致意，隔壁床的陌生人过分关心的谈话。

空气。我们能谈谈空气吗？各种气味的集合。其他人的味道，清洁用具的味道，远处加热的具有复杂气味的食品。某种正在消失的东西留下的金属的、外科手术的残渣。呕吐物。吸气。洗手液。呼吸。消毒剂。呼气。

（太夸张了？病患并没有添油加醋。）

米歇尔·福柯在《临床医学的诞生》中写道："对于分类医学来说，在某种器官中的发作绝不是界定一种疾病的绝对必要条件。"[1]没有 X 光，我们看不到骨裂；没有超声仪器，我们看不到几周大的胎儿；没有核磁共振，我们看不到机体的病变。医生们从指甲的半月痕和眼白中寻找征兆。疾病和痛苦并不一定伴随真实的物理表现。

妇科医院的乌兹别克斯坦麻醉师询问手术前的例行

1　本句译文参考了《临床医学的诞生》，刘北成译，译林出版社，2001 年，第 10 页。

问题，于是我翻阅了我复杂的病史。在手术室里，等待脊髓麻醉起作用的时候，他谈论起他的国家。它"非常腐败"，医生每月只拿两百欧元的工资。为了赚钱，他们必须收受贿赂，但他拒绝这么做。我离开是因为我不认为钱和医学能混为一谈。

这个进行缝合、切割和手术的地方叫"theatre"[1]。没有厚重的天鹅绒幕布，而是一次性的蓝色或绿色的帘子。舞台是一张手术台，一个希腊的 *ekkyklêma*[2]。每位参与者都要表演，除了被动的病人。病人身上画着用于引导外科医生操作的线条，这是残酷的喜剧艺术。

医院是街道和指引箭头的自治领。它的心理地理学填满了每一个在其中穿行的身体。有多少人睡过这张床？病房的联合体，患者的联盟；手无缚鸡之力的病人穿着从背后系起来的病号服，盖好被子躺在床上。一个让自己接受看护、治疗或检查的病人必须放弃一些东西：自由 / 自由意志 / 自由行动。

致敬身体自身的地理。它被福柯称为"解剖学图

1　英文中，手术室也叫"theatre"，与"剧院"是同一个词。

2　"*ekkyklema*"的字面意思是"推出的东西"。在剧院表演中，有时会从一扇门中推出一个平台，上面展示着一幅画面，上面画着某个室内活动的结果，而观众看不见这个室内活动。

谱"。像纬线一样的筋，像经线一样的脉。有纹理的地形：柔软的皮肤，绳索般的毛发，砂纸般的胡楂儿。

医生取代了神职人员，成为治疗者，但在爱尔兰，医学和宗教仍然紧密地交织在一起。医院和病房都以圣徒的名字命名。民族精神与教条复杂地捆绑在这个让萨维塔·哈拉帕纳瓦[1]失望的"天主教国家"。多少生命逝去，多少关怀被压抑，就因为宗教对身体领域的侵犯？

这也许不是战争，但的确存在敌对的双方。健康的和不健康的；医生和病人；工作人员和访客。苏珊·桑塔格描写了健康与疾病的双重王国；一本护照盖了章，另一本被剪掉了边角。疾病允许我们放弃一切——工作、承诺、日复一日的生活的纠缠——但代价是高昂的。医院要你带来一个打包好的行囊，但是没有交通票。这里没有金色的岛屿和蓝宝石般的浅滩，只有一些长方形的毯子；没有太阳椅，只有病床。

病人不是人。

1　萨维塔·哈拉帕纳瓦（Savita Halappanavar）曾是一名牙医，2012年，怀孕十七周的萨维塔发现羊水破了，经医院检查，断定她将要自然流产，孩子生下来也不能存活。尽管萨维塔要求医院引产，但医院根据爱尔兰严格的堕胎法，拒绝为她做人工流产手术。萨维塔最后出现了败血症症状，并最终因流产失血和大肠杆菌感染去世。

病人是他自己的被治疗的自我。

病人是他的身体在医院里的孪生子。

成为病人是一场嬗变，从健康人变成病患，从自由的公民变成被禁闭的住院病人。

有成百上千种方法让一个人摔断腿，却没有两张乳腺癌诊断的片子是相同的。我的癌症不等于你的癌症；我的骨折不同于你的骨折。疾病，尽管有它的分类和语言，对每个病人来说就像他们的指纹一样独特。它不是通用的；它抵制同质性。它不仅与生物学有关，而且与社会性别、政治、种族、经济、阶级、性和环境有千丝万缕的联系。

问题／建议的开场白：

你有什么毛病？是说疾病等于错误。

哪里痛？要求详细表述。

你有健康保险吗？资本家的问话。

医患之间的交流是简单问答、非正式聊天，还是审讯盘查？这种交锋是一式三份的：口头的，触觉的，文本的。文本会传承下去，较为恒久，不像语言或肢体接触。我们的伤病叙事记录在彩色的剪贴板上，挂于床尾，或存于彩色纸板文件夹中。我们向不同的医生重复我们的故事，文件越攒越多，用不同的笔迹记录下来，一个协力完成的文本，一场诊断接龙。

医院会截断意识。时间的运行与外面不同。随时都可以用餐，不以通常的一日三餐为标准。平常的思维在这里变成了循环等待下一次给药、下一次查房以及下一次探访时间。时钟在黑夜里爬行；声音和光线都中断了。谈话很少，只有在量体温的间隙说几句简短的话。

梗塞。你是医生吗？演示一下。好几个医生都这么要求过我。发热。我学会了他们的语言，从他们的句法中挑拣精髓。袋形缝合术。这种互动最重要的部分不是倾听，而是询问。全身麻醉还是半身麻醉？因为我经常使用我自己病史中的医学术语来询问我的健康状况，所以医生们都认为我是他们当中的一员。这样的情况包含一种寓意：病人企图对他或她自己的健康投入精力是越界的行为。产生好奇或拥有这些知识，不在你的职权范围内。我对医学语言的吸收——颠倒医患之间的提问方和回答方的位置——一直是一种主张自主权利的尝试；抓牢我自己的故事的一小部分、我身体的一小部分。

在淡蓝色束腰外衣下面，护士们都身着白色连衣裙，挂着颠倒的表。浆硬的帽子上的彩条宣示着权威和等级。蓝色，绿色，红色；只有黑色留给普通护士。像一支哀悼的葬礼乐队。医院的调色板无穷无尽。尿液分析色谱图上的原色和彩色方块。粉红色的酮，绿色的蛋白质，浅褐色的胆红素。在静脉切开术的诊室里，排列着阴茎状的试管，上面的盖子形似阴道口，雌雄同体，用不同颜色标记。电气设备间的白色门，绿色的紧急出口标识，大黄蜂一般黑黄相间的生物危害标志。地板上的红线通向心导管室。那是一条由红色胶带铺成的大动脉，是奥兹国[1]那条未被踏入的砖砌道路。一部分胶带不见了，成为边缘地带的一条断了的线。你总是离出口很远。但至少这是暂时的：如同一根导管，一条缝线，包裹在骨头上的石膏模型。

心脏外科病房的蓝色窗帘打着褶，颜色比较暗。我想找出一个词来形容它的特殊色调，最后决定称之为"伊夫·克莱因蓝"。他的蓝色是一项发明，而且令人惊讶的是最近才出现，毕竟永恒的蓝色事物早已有之——天空，大海，眼睛。这种颜色与护士让我穿的那件浅色长袍相得益彰。穿上，从正面解开（暂停），像脱一件外套一样。她的声音不动感情而专业，但也有几乎难以察觉的善意。病人对这些细微的表达如此熟悉，所以会注意到它们。它们很重要。特别是在过去的十年里，医院礼仪有了可见

1　奥兹国（Oz）是童话《绿野仙踪》里的一个国度。

的转变，变得具有同理心，包括采用"#你好我的名字是
___"的标签，变成了以病人为中心的护理方式，认识到
躺在床上的躯体不仅仅是一个诊疗困境或一串病患编号，
而是一个真实的、会感到恐惧的人。

　　两天后，我从妇科医院出院，又回来继续写这篇文
章。生活和写作被偏离轨道的身体短暂地打断了。临走
前，我在病床上拍了一张照片，一周后，它和这些文字一
起出现在一家画廊的墙上。夜晚的光线使床单看起来像雪
峰，蓝色的窗帘像是一片涂得不均匀的天空。就像在任何
一幅画里一样，没有声音，没有一点我熟悉的混乱潜伏在
窗帘后面。那是一个近乎祥和的景象，让人回想起只有在
高处才体验得到的那种宁静。构图和色彩形成一种意想不
到的平静，在那一刻，在这样一个地方，我难得感觉一切
都会平安无恙。

The Moons of Motherhood
母职的月亮

一

　　我的孩子们是在夜里降生的。月亮升起的时候，他们跃入黑暗，来到这个世界：我儿子出生的那天有一轮新月，我女儿出生那天则有一轮上弦月。我生下女儿的第一晚与她分开度过，第二晚则一直在尝试喂她喝奶。壁挂式电视上滚动播放的美国大选结果和机器上闪烁的灯光与我们为伴。大洋彼岸充满了希望。各州宣布它们是蓝色州（民主党的地盘），贝拉克·奥巴马即将当选。在我们的小房间里，我所能做的就是盯着我刚出生的女儿。她身上的每一个分子都充斥着无限可能，今晚，这个世界也是如此。

　　在医院里的漫漫长夜和喧闹的下午，我开始了解她。她不喜欢洗澡，她比她哥哥更容易入睡，而且她每次吃得很少。她的小肚子只能容纳极小的分量，而且，虽然她的摄入量稳定，但在她出生的最初几天里，她差点噎住。我们出院回家之前，一位护士坚持让所有的婴儿都必须证明他们能吃到一定的分量。我解释说她的胃口会逐渐增加，而且她是早产儿，还住在重症监护室，护士则把奶瓶的硅胶奶头硬塞进她的嘴里。

她那逗号一样的身体展开来，她的脸色变深，毫无气力。护士把她从我怀里夺走，头朝下提着。我女儿像蝙蝠一样倒挂，护士捶打着她的背，对她大声呵斥。我惊恐地看着，陷在椅子里。听着拍打的声音，看着她的身体开始发紫，想到我们为了迎接她的到来经历了这么多，而她现在就要滑走了。酸痛，惊慌，不敢动弹，我仿佛正看着别人的命运，根本不是我的。过了一分钟——太多秒过去——她才哭了起来，我把她从护士手里抢了回来。婴儿和我都很不高兴，护士浑然不觉。"你们现在可以回家了。"一种如夜晚一样熟悉的恐惧悄悄袭来。我们对医学世界不言而喻的信任放错了地方。

我在医院的经历有好有坏，分娩也是如此。这两次分娩都需要医学介入，并且是侵入性的，跟分娩池和定时呼吸没太大关系，更像外科手术。我本来想要自然分娩，但我的髋部已经融合，因此这种方式较为危险。并非这就不是生育，我也没有感到自己缺少了一点做母亲的感觉。只有别人会让你有这种感觉。

因为是第二个孩子——即使是很小的早产儿——工

作人员便认为母亲们已经很熟练了。认为你是一个完全知道应该怎么做的进阶版女家长。生二胎的母亲被认为像僧侣一样智慧。然而我觉得自己根本是从头开始；这像是我的第一个孩子，尽管在城里的某个地方，那一刻我十六个月大的儿子正安然入梦。那天晚上我们出院了，在家里比在繁忙产科病房的喧嚣里更为安全。

我从未忘记她一条腿倒吊着的样子。我现在想起来都感到身上发冷。必须得用别的事来取代这个画面。忒提斯在冥河之上抓着阿喀琉斯。[1] 或许是这个动作，这人生中初次遭遇的创伤，让她可以不死，可以不受侵犯。她将是不可战胜的，我想。

我儿子出生后，连续六周，我都得为自己注射肝素，这是一种抗凝血剂。每天，我用手指捉起一块皮肤，从某个角度把针头戳进去。为了减轻刺痛，动作要快。据说肝素对产后妇女"相对"安全，因为它的大分子不会进入母乳。数以百计的药物在我的身体里流淌，其中许多有剧毒。这件事在我的脑海中回响，所以我会犹豫要不要用母乳喂养。我担心把这些东西放进我的身体会改变它、污染它。一种可能的副作用是 HIT，也就是肝素诱导的血小板减少症，这是一种严重的综合征，可引起中风或心脏病发

1　古希腊神话中，阿喀琉斯（Achilles）是海洋女神忒提斯（Thetis）之子。阿喀琉斯出生后，忒提斯提着他的脚踝，将其浸入冥河，因而他全身刀枪不入，唯有脚踝因为未能浸入冥河水而成为他的致命之处。

作。其中 5% 至 15% 的病例需要截肢。我的谨慎并非毫无道理，但我无法做决定。我想跟一名护士商量，她却骂了我一顿。"如果你不用母乳喂养，你将来会后悔错过与孩子建立情感联系的机会。"我没有预见到会有人如此迫切地摧毁一个女人的信心，尤其这个女人刚刚用九个月的时间孕育了另一个人类，并将其从一种只能被描述为折磨人的消耗中生产出来。然而还是可以轻易对此做出批评。你生了孩子，但不是顺产；你生了孩子，但你接受了半身麻醉；你生了孩子，可你现在居然不想用母乳喂养？——如此随意地斥责女人，对此我们已经司空见惯。我们竭尽全力仍是不够的，而那些与我们生活的无关的人，却如此热衷于提醒我们这一点。通常他们会用最算得上被动攻击的一种演讲技巧来完成这种提醒：假装关心。

在家待了两天后，我又因子宫感染回到医院。我一直没能吃东西，超声波检查医师说，我的胃扫描出来空空如也。我必须穿上防止静脉曲张的压力长筒袜，这需要大费周折才能穿上。它们会收束，留下网格状的印痕。它们和肝素约束着我的血液。但有了这个新的小人儿在我怀里，一切都与生命有关。没有工夫思考死亡。一个漆黑的早晨，我的儿子颇不安定，我又想到了我的疾病。我的丈夫、父母和兄弟姐妹都在，但只有我给了他生命。以前，我生病的时候，还没有做母亲的时候，我将失去的只是我自己的身体。但现在有了他，他完全依赖着我，死亡将不再是过去那种孤立的事件。死亡意味着要和这个刚来世上几天的小人儿分开，而在最初的几个星期里，我因为疲倦而被折磨得昏昏沉沉的大脑飞速运转时，我就会想到这一点。想到离开这个婴儿的恐惧。可我甚至不愿抛下他离开这个房间。我开始想象，如果我儿子才半岁或一岁、两岁、三岁，我就死了，那他就永远不会认识我了。我丈夫会给他看照片；我会用 iPhone 拍视频，或者写信，让他在未来重要的时间点打开。每次我去做检查，这种感觉就会卷土重来。母职会使死亡的后果变得更加严重。我是不可以死的，绝不能在我孩子还很小的时候，或是他们在我身边的时候，或任何时候。我不能那样对他们。

他出生后，在医院里，我母亲抱着我那个被裹成墨西哥玉米卷饼的儿子对我说：现在你明白了。

如今我才终于懂得了她的意思。

明白什么？

明白过去的一切都是为了这一刻。明白生命中没有比这更重要的责任。明白我会理解我父母所经历的一切。

如今你永远不会停止牵挂。从今往后，你会一直牵挂他。

这是我们共同分享的时刻，将一支代代相传的火炬接力下去，但感觉不妙。这就是为人父母的意思吗？每一秒的欢乐都因恐惧而像原子一般分裂？把一个人带到这个世界上，就是把所有的恐惧和挣扎，所有可能攻击他们的潜在伤害和恐怖都带给他们。总有一天，他们会意识到，他们和他们所爱的每个人都会死去，所以他们必须寻找美好的东西：欢乐，让他们欢笑的人，歌曲。在那些最初的日子里，我可以用怀抱和摇晃来抚慰他们的失眠，也可以唱歌给他们听。在他们耳边轻唱着和声与韵律，把音符传遍他们的皮肤。

我和每个孩子，我们共同经历着这一切。我们没有经验，只能沿着某条古老的通道摸索着。我等待着诱杀装置、毒箭出现，或是一块巨石将我砸扁。就像生病有"之前"和"之后"一样，生孩子也是。怀孕期间，人们高兴地尖叫："赶紧睡觉吧！你以后再也得不到整夜的休息了！"通常，这些传令官没有当过父母，他们却说得像父母一样坚信不疑，仿佛他们已经抱着一个不肯睡觉的孩子来回踱步了几百个夜晚。整个体验就像在海上迷失。不确定性，失眠，迷失方向，一种既稳定又不可预测的节奏。

你不需要这整个故事。每个婴儿从刚刚降生，到蹒跚学步的幼童，再到孩童的成长故事。你不需要尿不湿，不需要冲洗奶瓶；不需要便秘、糖水和无花果，当他小气球一般的肚子膨胀起来的时候；不需要折叠婴儿车的本领；不需要夜间喂食和出牙期。我的儿子可以一直、一直不睡觉，所以我只能漫无目的地开着车到处跑，希望发动机的声音能让他放松下来；他抗拒婴儿睡篮，好像那篮子是棺材一样。长牙时满脸通红的脸上挂着口水。有一次我转身离开了一秒钟，女儿就从床上滚了下来。他们小小的胸脯像柔软的棉花一样起起伏伏，但夜间还要检查，以确认他们是否还在呼吸。母婴用品和设备，也就是所谓的"那些东西"：高脚椅、旅行儿童床和消毒器。所有那些包好防撞垫的塑料制品。所有与安全相关的事情，尽管感觉保护还远远不够。

在最初的几周，时间弯曲了，隐藏于它自身之中。母职意味着生活在新的时间观念里。和婴儿待在家里既是静态的，也是动态的。日子时长时短，无尽而模糊，然而总有事情要做，即使在他们睡着的时候也是如此。在这个泡泡里，我很少离开家，很少睡觉，因为当我丈夫工作的时候，只有我和孩子，孩子和我。这是我们的洞穴。时钟的出现只是为了指示进餐和小憩。我从来没有机会穿好衣服，尽管我满身是婴儿呕吐物和奶渍。我的伤口缝合处在刺痛。那些书——人人嗤之以鼻，却孜孜不倦地读着的书——说母亲天生就能听懂孩子的语言，知道孩子的每一次哭闹意味着什么。不过是一个简短的清单：饿了，困了，尿湿了，或胀气了。关于这个新生儿的天气预报。我担负的另一个角色是气象学家，还有一个角色是翻译官。不是戴上耳机坐在联合国里，而是抱着孩子上下楼梯，在各个房间里穿梭。试图破译我儿子的想法，他想要传达的信息。莫尔斯电码，婴儿的哭泣。我试图理解：为什么他弓着背？为什么他不睡觉？为什么他用那蓝莹莹的眼睛盯着我的绿眼睛？你在想什么，宝宝？

为人父母的知识并不是瞬间掌握的，即便我们每个人的父母都在不同程度上养育了我们。规则会变化，没有两个孩子是一样的，也没有人真正知道自己在做什么。父母的职责是累积，是收集一堆信息，用一捆捆柴火棍盖房子[1]……（沿用这个比喻的话，外面的整个世界都是大坏狼。）

虽然婴儿是粉红色的小机器，只会睡觉、排泄、哭泣，但他们很精明。我知道他认识我，他知道我们曾经挤在一起九个月，唇齿相依。他知道我是他的妈妈。他满屋子找我的声音，就像夜晚时分动物对声音的反应一样。他全神贯注于周围的一切，识别如何做一个人类。当他的思想扩大时，我的思想却收缩了。我的大脑好像不停地试图从我头骨里的一扇暗门里溜出去。

记忆也出了错。即使现在，我也要问自己：X 或 Y 事件是在他们出生前还是出生后发生的？过去，我得到其他重要的事物时——车，房子，工作——我能历历在目地回忆每段经历，事件的前前后后。为人父母的头几个月很快就过去了，有家庭护士上门，在诊所接种疫苗，第一次带着所有"装备"离开家，紧张坏了。回忆起这些，我几乎想不起来任何细节。日期也记不得了，除了日历尽职

1　盖房子的桥段以及下文中的大坏狼这个形象都源自著名童话故事《三只小猪》。

尽责记载的那些内容。一个独裁统治的新阶段，一个小小的温柔的独裁者宰制着一切。夜晚，聆听他大口大口吮吸母乳的声音，我想象着坦克滚滚驶上我们的街道。

孩子们会从极度依赖突然转变成自食其力的无赖。他们什么都不知道，却又什么都知道。我惊叹于他们如此之小，却蕴藏着如此之多。所有的迷你器官和骨头。突然有天一抬眼，他们变了：能表达偏好，提出意见。时间忽然就变了：像偶然点到 iTunes 的快进键，让每个人都变成了唱着短促刺耳音乐的卡通歌手。剪下婴儿指甲上月牙形的碎片，让他们不再抓挠，然后看着同样的一双手拎着一个十分沉重的背包，穿过校园的柏油路。情绪混合在一起：悲伤夹杂着宽慰——他们都长这么大了，而你试图不去打破这些情绪。回到家，房子里空空荡荡，但那份寂静——哦，那份寂静！——意味着工作和文字。我学会了同时作为母亲和职场人士、母亲和作家而存在。一个能深陷于文字之中的人，一旦被需要，就会关上笔记本电脑或放下手中的笔，被召唤到婴儿床边、花园中、学校里。

二

母职的问题在于，这份职责基本等于承担父母双亲的职责。对于母亲来说，为人父母不只是一种为人父母的状态，而是超越了大而化之概括的十月怀胎和生产完成的结果。生产仅仅意味着抚育孩子所要求的永恒承诺刚刚开始。除了用母乳或奶粉喂养，除了安置好从我们身体里出来的这个小东西，还有责任。

一个女人的一生往往是不可抗拒地朝着孕育孩子的方向发展的。过去，生育能力和财富一样宝贵。不孕不育在社会上受到的排斥只是比做老处女稍微好一点点。今天，这种不合时宜的观念仍然存在，认为一个女人在做了母亲之后才彻底算是一个女人。这是父权制车轮上"做与不做都完蛋"的又一根辐条。做人先于做母亲。个体早在拥有孩子之前就已经存在了。这也许就是为什么当其他正好做了家长的女人说起作为一个母亲时，我会感到明显的厌恶。作为一个母亲……怎么了？我的子宫里孕育过两个婴儿，并不会为我带来所罗门般的智慧。可以说我现在比没有孩子的时候更愚笨了些。我的棱角已经被磨平了，我的一些自由也消失了。反过来，我对时间的把控力更强了，它随着孩子的到来而变身为恐怖电影里幽灵一样的东西。要保持自我，做回成为父母之前的自己，既容易又困难。得在介于两者之间的某个地方重新校准。

按住保持键，让时间停下来（我一直如此）。

抱着他 / 她，紧紧按在怀里（黑暗中的我和你）。

母亲与个体、母亲与职场人士、母亲与作家之间的冲突很快凸显。由于经济上的需要，儿子出生八周后，我就恢复了自由职业生涯。他睡觉的时候——这是很少见的——我就会疯狂地写一百五十字的专辑评论，这是我的大脑所能达到的极限。拼命地搜寻词语来描述吉他与合唱。我当时还不是作家，这减轻了我肩上的一个负担。不是要承认"婴儿大脑"（baby brain）或"妈妈失忆症"（momnesia）这类陈腐的术语，而是感觉我已经完全忘记了语言。仿佛要收集到成千上万的词语来凑够一本书是不可能的。也不可能把它们塑造、替换和排列成某种连贯的东西。

做人，为人父母。这两个词语相互渗透。最初几年沉浸式的日子结束了，自我一年又一年地抽离得更远一些。直到某年秋天，他们都在学校的时候，我坐在一张仿古的桌前，眺望着山毛榉树和深灰色的湖水。下午晚些时候的轮班。我在一个艺术家静修所里，这地方四周封闭，离家有两个小时的路程。我两年前就申请并得到了这里的一个名额，但一直未能成行。现在，我一边勉力把一个字放在另一个字前面，一边眺望着面前的湖泊。当我望进下午三点的低迷时，脑海中不知从哪里蹦出一条评语。

"可你的孩子们怎么办？"

当然，这是此前，当我说我打算离开家去写作的时候，旁人随口问出来的。现在它被放大了：我不仅抛弃了我的孩子，而且是在爱尔兰的乡下，怀着关于写作的信念。所有创造性的冲动都被母性的内疚所取代。我独自出发的鲁莽。另外一层意思是，我丈夫没有能力在这几天里独自照看我们的孩子。

正如我们都清楚的那样，这个询问基于一些性别假设：即女性是主要的照顾者，而作家（没错，男性作家）需要无人妨碍的空间来书写庞大、重要的巨著。艺术节上，主持人问那些写作的女性如何"同时应付"事业与家庭，完全意识不到任何不妥，而男作家们则严肃地凝望远方。同样的讨论小组里，在图书馆、大型活动的帐篷内和市政厅，没有人去询问写作的男性关于抚育儿童的安排问题，也没有人去采访协助他们写作的妻子或伴侣。

每晚在静修所里，客人们——作家、作曲家、艺术家——都坐下来吃饭。有人发现，只有女性才会谈论她们的孩子以及在后方支持她们的伴侣。一位女艺术家承认，她在冰箱里装满了事先做好的晚餐，这样她丈夫就不用自己做饭了。只有桌旁的女人才会讨论腾出时间进行创作与履行家长义务之间的冲突。我们每个人都很高兴来到这里，不再需要回应任何要求或满足任何期待。暂停母职，打开作家身份的开关。这里有一位和蔼可亲的男诗人也在逃避他的日常工作，他说他来这里的头两天总是用来睡觉。我要在这里待五天。每一秒都很宝贵。用两天的睡眠来代替写作，这对我来说太奢侈了。

充裕的时间和空间对我来说很是新鲜。我不习惯连续写作九个小时，我的注意力经常涣散。在一次低谷中，我读到了扎迪·史密斯[1]的散文《找到你的海滩》（"Find Your Beach"），这是一篇关于城市生活的沉思，其中也探讨了她在母亲和作家之间的双重角色："我可爱的孩子们，他们把我的时间都吃了，书没读，也没写。"我在《冬季报》上读到了《F代表Fone》（"F for Fone"），克莱尔·基尔罗伊[2]在其中写道，母职让她的生活变成了"愤怒的几年……写作曾经是我所有问题的答案……但现在我再也不能写作了"。每个写作并且有孩子的人，都能对这些血淋淋的关于创作和优先次序的故事感同身受。渴望拥有喘息空间，而不是组织小孩子们玩耍的家庭聚会，还要为此感到内疚。珍妮·奥菲尔[3]的小说《猜测部门》（ Dept of Speculation ）的主人公是一位作家，她在渴望成为"一个艺术怪兽"和她的母亲角色之间左右为难。她遇到了一名曾经认识的编辑，他漫不经心地说，他一定错过了她第二本书的出版。当她解释说自己没有再写书时，他和蔼地问道："发生了什么事吗？""是的。"她坚定地说，淡化她的写作被母职的无限循环所排挤的事实。

你不一定要成为一个作家才能对这些事情有所体悟。奥菲尔的话让每一位家长产生共鸣——那些为了养家而

1　扎迪·史密斯（Zadie Smith，1975— ），当代英国作家，代表作有《白牙》《关于美》等。

2　克莱尔·基尔罗伊（Claire Kilroy，1973— ），当代爱尔兰作家。

3　珍妮·奥菲尔（Jenny Offill，1968— ），当代美国作家。

通勤工作和守在家里的家长；那些在工厂、办公室、学校、商店或实验室里的家长。我也有这种感觉，我们会说，这就是我的生活。

弗吉尼亚·伍尔夫远远躲开了日常生活中的劳作和琐碎，让一代又一代的作家认为，他们有权拥有一间属于自己的房间。在家里，我的书桌放置于一个摆满了书的房间，这些书有的读过，也有没读过的，旁边就是乐高和其他各种玩具。我们的生活互相推挤。这本书里有成百上千的句子是在我的孩子们逛进来闲聊时写的，或是在他们互相讲故事时写的。他们的声音在屋子里到处回荡，不可能听不见。我可以集中注意力，但我女儿的歌声会传来，还有我儿子用一种特殊的语调和他的狗对话。但我还是回去寻找文字，把它们组合在一起。我渐渐看到我想要建造的东西的形状，一字一句。

三

厨房里，我女儿正伴着一首歌翩翩起舞。随后，她淋浴时，她的声音从楼上过滤下来，用降调模仿圣文森特[1]、阿黛尔，或者循环演唱青少年歌手的歌。国际足联的各种配乐把拉泽尔少校乐队和 Tune-Yards 带入了我儿子

---

[1]　圣文森特（St. Vincent）原名安妮·克拉克（Annie Clark，1982— ），美国多重乐器创作歌手。

的生活，我的又一个奖励。他们一起看电视上的倒计时排行榜，为预测排名吵嚷不休。他们让我带他们去参加音乐节——他们还太小而不能去的那些音乐节。他们的生活充满了音乐，很久以前就开始了。对一些人来说，气味或图像会唤起记忆，但总是音乐在我的大脑中发挥某种炼金术或考古学的作用。

最近，我又听到了炸药小姐[1]的《Dy-na-Mi-tee》，重温了十一月的一天，当时这首歌一直在车载收音机里播放。我刚怀孕，我丈夫开车带我去做儿子的第一次扫描检查。在副驾驶座上，我的泪水夺眶而出，猝不及防。哭泣主要源自恐惧，害怕再次被告知，我的身体由于一些糟糕而意想不到的东西的伏击，不能胜任这项任务。在咨询医师的房间里昏暗的灯光下（我们躺着的时候无比脆弱），我已经做好了听到可怕消息的充分准备。但他就在那里，像空中特技演员一样大胆地在屏幕上打滚。几个月后，在乔安娜·纽瑟姆[2]的现场音乐会上，他在我的拱形肚皮中翻筋斗，一年后他的妹妹在发电站乐队的演唱会上也是如此（是她而不是他"在场"的事实，现在仍然会引起争吵）。每当我听到炸药小姐的歌，我就会想起他，想起那可怕的扫描检查，以及在经历了这么多年的健康问题之后，我们

1　炸药小姐（Ms. Dynamite）原名尼欧米·阿尔琳·麦克莱恩-戴利（Niomi Arleen McLean-Daley，1981—），英国说唱歌手、唱片制作人。

2　乔安娜·纽瑟姆（Joanna Newsom，1982—），美国唱作人、竖琴家、钢琴家。

是多么渴望他的到来。

当我们终于见到他时，他是个小小的失眠症患者。我弹奏歌曲安抚他——阿明娜乐队、胜利玫瑰乐队的歌——来回划拉着他的儿童车，仿佛划着浪花上的小船。他和他的妹妹像树一样成长，耳濡目染地经历着他们的许多音乐阶段：雷蒙斯乐队、碧昂丝、吸血鬼周末乐队，许许多多的嘻哈乐队，还有肯德里克·拉马尔[1]。儿子要求重播《呼啸山庄》[2]的那一天，我的心都乐开了花。现在，他们又大了些，他们在寻找自己的音乐品味。寻找敲击他们灵魂的节拍，沁入他们心脾的和声，以及来回摩挲和轻拍他们的节奏。

重要事件以惊人的频率出现。每次他们身上有了新的进展——长高，学会陌生的词语，扔掉曾经喜爱但现在说是"小孩才玩的玩具"——我就感觉遗失了点什么。最近，我儿子第一次独自走路去商店，这再次预示了他最终会独自走向这个世界。每当这些变化如高速列车般迅速到来时，仿佛一切都在快速地变成过去。感觉我每年都得再放手一点，让他们离我更远一些。感觉我能提供的保护是有限的，岁月正以宇宙速度向前流逝。

另一个重要事件是他们首次参加的大型演出。贾斯汀·比伯的演唱会门票提前数周就已经买好了，他们一

---

1 肯德里克·拉马尔（Kendrick Lamar，1987— ），美国著名说唱歌手、唱作人。

2 应指凯特·布什的歌曲《呼啸山庄》（"Wuthering Heights"）。

遍又一遍地要求看那些白色的长方形纸片。一个月前，许多孩子在阿里安娜·格兰德[1]的曼彻斯特演唱会上被杀害。所有人都不理解，为什么要如此抹杀乐观的情绪和年轻的生命。婴儿时期，孩子们知道音乐就是安全和保障；歌词和旋律就像一堵墙一样保护着我们。现在他们开始意识到有人想要打破这种常态。他们对曼彻斯特恐袭事件有很多疑惑。你很难和自己爱的人谈论一种故意的仇恨行为。我们准备好去参加比伯的演唱会，他们问，我们为什么不能带个帆布背包来装他们精心挑选的零食。我嘀咕着天气的炎热和人群的安全，毕竟谁愿意在一个充满微笑和期待的夜晚谈论炸弹呢？我们开车穿过城市到达演出场地，发现这就是我第一次看大型演唱会的地方（R.E.M. 乐队的"绿色巡回演出"，当时中间人乐队[2]是助唱嘉宾）。在拥挤的人群中，我的女儿紧张地打量人群的体量，却被我们周围年纪比她稍大的女孩们惊呆了。她们开始跳舞，她害羞地模仿她们的动作，把拳头挥向空中，对着烟花惊叹。十几岁的女孩可以用她们全部的精力统治世界。她们在服装、美黑和复杂的脸部亮片上下了这么多功夫。我看着这些女孩，她们互相喜欢，心花怒放，自信满满，在上卫生间和

1　阿里安娜·格兰德（Ariana Grande，1993— ），美国女演员、歌手。下文提到的事件指 2017 年 5 月 22 日发生在英国曼彻斯特体育馆的自杀式恐怖袭击，当时阿里安娜·格兰德正在该馆举办演唱会。事件共造成 22 人死亡，至少 59 人受伤，死者中包括儿童。

2　中间人乐队（The Go-Betweens）是澳洲重要的独立摇滚乐队。

买冰激凌的排队队伍中游荡,她们甩着头发,挽着彼此的胳膊。我的女儿像取证一样看着他们,渴望成为其中一员,那渴望刻在她的脸上。她希望能和她自己的朋友在一起,而不是和她的母亲和哥哥待在一块儿。在每一个女孩身上,我都能看到六七年后的她。

音乐联结着我们。它是人生关键事件的中心点——生日、婚礼和葬礼;当有人蹂躏我们的内心时,它会安慰我们;它是我们和朋友即兴起舞的源泉(在你还是个孩子的时候,或者当你长大了,喝了很多酒之后)。尽管流行乐常年因为它甜美的氛围和自动修音而遭到嘲弄,却能带来很多很多,尤其是为那些热爱它的人。

没有什么能超越年轻男女观看一位他们崇敬的歌手时的活力和希望。音乐是不确定和混乱时期的常量,是永恒的唱片沟槽上的一根唱针;它提供交流、联系。音乐就是在灯光下,上千只手机高高举起,远远望去如一条星河;感受胸中低音的雷声隆隆;是买一件乐队的 T 恤,穿到它破烂不堪;倒计时等着第二天去学校,告诉你的朋友你去了演唱会,因为你就在场:大合唱的声音依然在上学日明亮夜晚的微风中飘荡。这是许多场音乐会中的第一场,与那些尽情热爱音乐的陌生人共度的第一晚。

四

音乐是我的孩子们曾经痴迷于死亡的原因。但只是抽象意义上的死亡，是只发生在名人身上，而不会发生在我们所爱的人身上的事情，直到特里的离世。他是我最好的朋友的年轻丈夫。他们对这个问题的兴趣不在于生命的终结，而在于有人不再出现在这里了。他们开始不断地询问历史上、音乐里、我们一起看的电影里的人的问题。如果他们刚刚发现的某个人还在世界的某个地方呼吸、旅行、工作、写歌，这会让他们感到安心。

猫王死了吗？威利·旺卡[1]死了吗？迈克尔·杰克逊死了吗？玛丽·罗宾逊[2]死了吗？史蒂维·旺德[3]死了吗？比尔·克林顿死了吗？唱《录影带杀死了电台明星》[4]的家伙死了吗？

大卫·鲍伊死了吗？

2016年1月以前，我尚能轻松地说，拥有异色荣耀的鲍伊仍和我们在一起。当他后来离开的时候，他们很伤心。

1　威利·旺卡（Willy Wonka）是电影《查理和巧克力工厂》里约翰尼·德普饰演的一个角色。

2　玛丽·罗宾逊（Mary Robinson，1944— ），爱尔兰共和国第七任总统。

3　史蒂维·旺德（Stevie Wonder，1950— ），美国盲人歌手、作曲家、音乐制作人。

4　《录影带杀死了电台明星》（"Video Killed the Radio Star"）是巴格斯乐队（The Buggles）的一首单曲。

宗教方面的谈话很复杂。我和丈夫都不信教。我们的孩子没有受洗，他们对这件事也无所谓，但宗教学习是学校课程的一部分。我们回答他们的问题，教导他们尊重信徒但不动摇自己的意见。或许有一天，他们可能会信教，我们也会支持。我儿子刚开始上学不久，就凭着一种尼采式的热情忽然宣布："我认为上帝是个呆瓜。"

他们还会问起天堂。我并不了解这个我不相信的地方。于是，我谈论夜空，用天文学代替神学。我向他们展示星星，而不是十字架。我的手机上有一个星空应用程序，我们指着天空寻找行星和天体。城市的灯光经常遮挡视线，但星星总是出现在屏幕上，因为技术不会被云层遮挡。我们倾斜手机屏幕，在程序上滑动，寻找北斗七星、昴宿星团（"七仙女"）、仙后座扁平的 W 形状。尽管我知道的不多，还是会谈论超新星和类星体。在意大利的一座山顶上，我们四人观看血月升起，而火星就悬停在附近。他们很快就会长到不再做这些事的年纪；不再认为他们的父母知道所有的答案。他们会意识到地球的宽广，开始梦想所有他们想去的地方。我告诉他们，我们死后很久，星星还会存在，无论我们去了哪里。我不会为天堂辩护。

The Haunted Haunting Women

萦绕心头的忧愁女人

我看见妇女们翻山越岭，走进小镇和城市。把掉了扣子的大衣拉紧一点，一人带几个孩子，一分一厘地省钱，一分一厘地攒钱，即便雇主的手在她们身上放得久了，她们也不敢甩开。做着许多份工作，或者找不到工作，推着婴儿车在街角转悠，就为了找到一处台阶。穿梭于超市货架的过道，说着："行了，行了，别问了。"擦着孩子的鼻涕，不喝酒，只喝冰凉的茶水，待在原始的厨房，抽不出一分钟来凝视天空，她们的脑中酝酿着怒火。

我尤其看到了一个女人。她生命中的所有时刻像白骨一样堆积起来。她向我们讲述无数的行动，青春的日子，她一点一滴的过去。在所有这些讲述、情绪和香烟中，所有这些叹息和一注三赢的赛马赌注中，用两件事物可以代表她：杂草和鬼魂。

那是一个春天，在后花园里，我的外婆从草坪上拔起了蒲公英。这座花园里从没有什么花，除了这种不受欢迎的黄色植物。除掉根茎，从土壤里拔出"尿床草"[1]。我的外公记得她走回屋里，背后的阳光照在煤棚上，然后她就倒下了。他们同在一张床上睡了五十年，他熟悉她的呼吸，每一次波峰和波谷，但他从来没有听过她当时的那种呼吸。一种不属于她的、抽气式的鼾声。我母亲赶到后，满心恐慌，一遍遍拨打 888，但一直打不通。她不明白，怎么会没有冷静、实事求是的声音对她说："这里是紧急服务——您需要哪种服务？"到医院后，一位医生宣布，这是一场灾难性的心脏病发作。那天早上，外婆抽了半支烟，用手指把它摁灭，等着晚点再抽。就在护理人员抢救她时，直立发黑的烟屁股正从壁炉台上往下看。

据说，当一个人临近生命的终点时，他会更加深陷于过去，越接近死亡便越沉入生命的开始。在她冠状动脉破裂之前的几周里，她总是谈论她的父母。"我要回家了。"她不停地说。当我还是个孩子的时候，我读过冥府与冥河的故事，每当我想到那些接近生命尽头的人时，我就会被这画面所困扰。我看见她爬上一艘小船，划过水面驶向她的父母，她那瘦小的拳头抓着一只桨。

我看见她在船甲板上，海水溅到她身上，她戴着头

1　蒲公英有时被称作"尿床草"（piss-a-bed 或 piss-the-beds），因为它们含有利尿剂，如果食用，会致人小便。

巾。除了假日乘坐渡船和海边小镇一日游，她离开爱尔兰去过的唯一地方就是英国，那里的阴雨和灰暗映射着她熟悉的天气。对过去的突然关注，用历史的目光越过肩膀向后看，使她想到冒险：想去某个地方，或者探索一个陌生的地方。我们对这突如其来的声明感到十分震惊，从没想过要问她是什么意思，或者她想去哪里。我当时建议飞去某个地方，任何地方，横跨海洋飞到欧洲大陆，因为在她七十二年的生命岁月里，她从来没有踏上过飞机。她没有护照。她喜欢沿海城镇，但在她过去那个时代，没有"里维埃拉号"或歌诗达这些邮轮旅行品牌。或许她知道自己时日无多，所以只是开开玩笑，知道她不需要履行任何许下的诺言。

她总爱讲鬼故事。不是什么幽灵、女妖，或是在黑暗中抓住你的妖怪，而是她认识的鬼魂。她告诉我，在任何情况下，不管是否需要超自然力量，"你应该更害怕活人，而不是死人"。我知道她指的是她父亲，但她用了很长时间来和我们讲这个故事。我妈妈还会讲起这个故事，我的姨妈们也是。

他曾是一名保险业务员，人们根据他的身高和举止断定他是一名特工，一名为爱尔兰皇家警队（后称"都柏林大都会警察局"，现在叫"爱尔兰警察局"）工作的特种部队特工。他骑着摩托车在城里兜风，一天下午，当他像往常一样兜风时，为了避开一个小孩，他突然转向，撞上了路灯杆。他伤得很重，但在昏迷中坚持了三个星期才去世，离开了我的外曾外祖母玛丽，一个年轻的寡妇。她有四个孩子，事故发生时她还怀着身孕。在我家里流传的各种重复的鬼故事中，包括她已故的丈夫常对她说的一句奇怪且颇有预言性质的话："我永远不会留下你，让你独自带着一个年幼的孩子。"悲伤引发了流产，不久之后她最年幼的儿子也死了。她一辈子生了十个儿子，只有一个长大成人。当一个婴儿停止呼吸，或者生下来就不呼吸，房间里会是怎样的寂静？我想知道她是否见过他们的鬼魂，一群几乎可以组成一支足球队的男婴，在阴影中排着队。

她的女儿——我的外婆——确实长大了，甚至也许长大得太快了。她的一生很不安稳，充满了贫穷和丧亲之痛，一种悲伤变成了恐惧，十八岁时又忽然精神崩溃了。她确信她的母亲会死，她和她的两个姊妹会成为孤儿。当其他女孩都在考虑成年生活和婚姻时，她却在与抑郁症斗争。

无论一个人的生命是多么循规蹈矩或支离破碎，每个人都害怕它的毁灭：父母去世，比自己的孩子先死亡，疾病到来。那些难言的事件，那些晦涩的时刻，那些发生在别人身上的事情。即使是短暂的想象，这些事蕴含的恐惧对我外婆来说也已经足够了。她生活在这种永远存在的可能性中，足以使她的生活黯然失色。他们一家住在都柏林一栋廉租公寓的里屋。为了生存，我的外曾外祖母为人接生，清洗死者的身体。引导人们进入这个世界，又引导人们离开这个世界，一些灵魂干净得像一张白纸，另一些则带着一生的重量。她还有一份工作是织工，在织布机上耗费无数小时，然后她离开公寓去上班，锁上门以保证孩子们的安全。

每逢此时，他就会出现。

我外婆总是从钥匙插在锁孔里的那一刻开始讲这个故事。她母亲走下楼梯的脚步声，自己将被留在家里待上一整天的感觉。她父亲第一次出现时，外婆尖叫起来，直到邻居们把门撞开。这成了一件经常发生的事：母亲离开，他便每天都站在那里，直到她回来。我外婆花了几天时间才意识到他在做什么：站岗，放哨。她慢慢习惯了他，习惯了这个死后版本的他的出现，然而她的姊妹们从来没有见过这个幽灵。这个幽灵就像是一个守护者。他看起来如此真实，她甚至能分辨出他外套的颜色（一件棕色的羊毛大衣）。

这条通灵的脉络在我的家族中流传，母系一方运行的针脚。我的外曾外祖母也声称，可以通过看一个人打牌时拿的牌来预知未来。在廉租公寓昏暗的灯光下，一大家人挤在一个房间里。卫生状况差，空间狭小，但年轻人会聚集在楼梯上，围成一圈比肩打扑克。一天晚上，她经过时看了一眼一个年轻人手里的牌。

"你要去什么地方吗?"她问。

"不!"他狐疑地答道。

"你的牌上写着你要航行了。你会坐船远行。"

他当着她的面笑了，笑这个年老而不被放在眼里的女人，她也上楼去找她的孩子们了。

因为这个故事我听过许多次，这就是我们这个莫名其妙的世界里发生的事，我可以这样告诉你：第二天，他和一个女孩私奔去了英国。他母亲砰砰地敲玛丽的门。"如果我当时告诉你，你会相信我吗?"她只能用这句话来回应那女人涨红的脸。

在他们住的房间下面的楼梯平台上，我的外曾外祖母有时会看到一个英军士兵的鬼魂。即使在昏暗的公寓楼梯上，也能辨认出他穿着绿 / 棕色制服。她的丈夫——在差点撞到路上的那个孩子之前，在他昏迷之前——曾在第一次世界大战中的法国服役。他回家了，但数百万人没能够回来。红色罂粟一样的雪淤积在战壕里，覆盖着他们的尸体。楼梯平台上的这个人很陌生，但玛丽却泰然自若。也许他是一个战友，一个从别的什么地方来的信使，来叫她放心，她丈夫没事。

普卡 [1]

无头骑士

闹鬼的路

一对跳舞的恋人，附近是大运河的

鬼修女

一只红眼黑猫

一个女人穿过酒店围墙

（人们告诉我，他们见过这些事。）

爱尔兰的历史和民间传说植根于鬼魂和恶人的故事。我们不信伏都教和朱朱 [2]，但我们沉浸在阴魂不散的鬼故事中，感受死者在我们中间行走。我们谈论着忧伤的女妖，她们哀伤的歌声预言着某个人的死亡，女巫变成了野兔，孤独的海豹精漂在海上。在艰难的日子里，爱尔兰人讲故事，文字飘荡在烛光中，挨家挨户度过一个又一个冬天，口口相传。每一片草皮和砖块里都有故事，像外层包裹的灰浆。唤醒死人的古老传统又重新上演，而编织逝者的故事这种想法也随之复活了。那些悲伤的夜晚是为那些被留下的、失去亲人的人准备的。死人和活人的世界彼此靠近。交换故事是一种让亡者复活的行为，却也是为了获得慰藉。文字可以让关于任何人的记忆都长存。

---

1   普卡（Púca）是爱尔兰传说中一种精灵，喜欢在凡人的世界进行破坏活动。

2   朱朱（juju）是一种西非巫术信仰系统。

"你见过鬼吗?"

问出这个问题时,说话者的意图和听话者的感受是不一致的。人们对答案心怀恐惧,但没人希望答案是"没有";回到对话的死胡同。我们渴望肯定的回答,深吸一口气,等待接下来听故事的机会。回答"见过"可以拉开话头:树林入口处的一个路标,敦促我们走进树林的暗处。我经常不由自主地询问人们两个问题:他们是否知道自己的血型,或者他们是否见过鬼。

不能拥有你真正渴望的生活,创造了对另一种存在的隐秘渴望。幽灵般的生活——机遇的、旅行的、职业的——与真实的生活并列。一种生活取决于经济环境,没有选择,变化很少,另一种生活则不受物质条件约束。社会现实为生于 19 世纪上半叶的妇女——特别是那些不足以幸运地成为中上阶层的妇女——分配了一种非常特殊的命运。这些人的生活几乎一无所有。只接受过一点点教育,十二岁或十四岁时就中断了(我父母两家的所有女人都经历过这种情况)。结婚,生子,在家中度过一生。家庭的等级结构中,爱尔兰的母亲掌握的权力最小,却占据了最高的位置。这位中心人物被期待多做贡献,却很少得到回报。当我想起我们的历史,这些就是我看到的女人。看不见的愤怒在空气中嗡嗡作响。她们没有选择,这是我们共同的哀痛。

我哥哥在灵魂和超自然现象的十字路口退缩不前。对他而言，死后没有生命；我们的身体被遗赠给地下生物享用。但是他不能解释为什么他会做预言性的梦，或者看到超出科学领域的东西。他能看见光环。还能看见鬼魂。

这间小屋——一间卧室，厕所在外面，而且冬天里室内常常比外面冷——建于19世纪90年代，由都柏林工匠住宅公司为附近吉尼斯黑啤酒厂的工人建造。窗户很小，房内总是很暗，尤其是冬天。一天晚上，我哥哥醒来时发现一个老妇人坐在他的床尾。他完成了一系列动作——揉揉眼睛，掐自己的肉，执行通常所有的仪式来确认自己完全清醒——但她还在那里。当他向隔壁的老太太描述那个鬼魂时，她毫不犹豫地说："哦，那是安妮。"仿佛这事一点都不奇怪。

我不知道人是不是真的可以死而复生。若果真如此，从哪儿复生？天堂？如果我们拒绝犹太教－基督教的分配方式，或许在云端还有一些其他的自治领地，一座拥有永生和健康的城市。如果真有这样一个地方存在，而且这段旅程是可能的，那一定是一段漫长的路途。穿越平流层和外气层，所有那些气流，那些化学物质，勉力爬回来，像一个拿着锤子的登山客。但这种从未知领域的回归，是一种上升还是下降的行为呢？宗教、哲学和诗歌在很大程度上影响了人们对这个问题的思考，使人们相信那个地方就是天堂，而且它垂直位于我们的上方。如果回来很容易，那是不是每个死去的灵魂都会尝试，哪怕一次？不论是为了最后看一眼他们不再属于其中的生活，为了再看一次他们孩子的脸，或是为了走一走青春的金黄田野？

"安妮"是在我哥哥之前住进来的房客。他说她看上去就像一个真实的人，可靠而从容，多少有点困惑。"你当时害怕吗？"我问。"不。她似乎只是很好奇现在谁住在这里。"

对我外婆来说，死者是仁慈的，是我们所爱之人死后的模拟像。没有人能让她相信，她看到的不是真的。她是坚定虔诚的天主教徒，她笃信天堂，但对她来说，鬼魂的世界也同样令人信服。

在我又一次髋关节手术后，她去医院看我。麻醉药效还没退去，我以红绿灯变换的频率规律地呕吐。红灯，暂停；绿灯，呕吐。护士在我的手臂上戴了一只护腕来检测我的脉搏，她默数着。我的外婆看着这一幕，等待合适的时机大胆要求护士也给她检查一下血压。我不记得结果了，也不记得护士是否透露了那个小小的数字。也许它已经太高了，她的心脏早在那时就发出了早期信号。

在另一家医院，二十年前，我外婆的小儿子做了一个复杂的脊椎手术。后来，形势相当危急。在黑暗的夜色中，他与睡眠搏斗，手术后的药物在他的大脑中进进出出，他睁开了眼睛。然后，一个穿着无可挑剔的人站在他的床边。他看外套和帽子就知道是谁。也许是药物导致迷幻深处产生了纯粹的幻觉，或者只是光线的把戏。但那是我外曾外祖父死后被送去的医院，也是在同一间病房。生病的时候，身体和它的脆弱会相信它能得到的任何东西，甚至是某个前来守护我们却早已死去的人的显形。

鬼故事令人不安；是我们所知道的事情的夸张版本。一个熟悉的人或物变得陌生而可怕。一个家成了鬼屋。一个恸哭的女人成了恐怖的女妖。一个战场上的牺牲者，大屠杀中死去的某人的儿子，注定要成为田野里的无头游魂。但对我的外婆来说，这些灵魂却是一种安慰；他们的出现带来慰藉。

发现她去世的时候，我十七岁，独自在家。我母亲的一个朋友打电话来表示哀悼，却不知我还没有听到这个消息。这种震撼使整个房子瞬间冰冷。疾病并没有在她的门前徘徊；没有家庭轮值的临终关怀。谁也没想到这事会发生。我很困惑，泪流满面地等着母亲从医院回家，天慢慢地转暗。她的心脏，她胸中的风车，已经停止转动了。她的孩子们不想让她在殡仪馆过夜，所以把她的遗体带回了家中。有洗碗槽和蒲公英的家；破败的沙发和厨房边的卫生间；她躺在和我外公共用的那间卧室里。

　　蜡烛点燃，白布覆盖镜子。有人编织了念珠，戴在她光滑的双手上。那是我第一次见到尸体。大理石色的皮肤，曾经柔软的脸庞变得坚硬，血管里的冰。在她躺着的房间楼下，挂着一张我外公外婆结婚不久的照片。棺材里的她留着20世纪40年代的鬈发，她看起来更像这个更年轻的女人。有人说，殡仪馆的工作做得很漂亮。粉红色的口红很不寻常：我从没见她化过妆。她脸上所有的皱纹都消失了。她父亲的离世和住在公寓里的那些年；死婴和罹患产后抑郁症后的电惊厥疗法。都随着她心脏的停止而抹净。她生前曾有过一种鲁莽，一种急躁的脾气——但她受苦了，她的态度是一种自卫的形式。很难把我认识的年老的她与那个惶恐的少女联系起来。那个女孩被亲人们死亡的可能性折磨得心神不宁，不得不屈服了。

　　"你见过鬼吗？"

　　我这么问我自己，要么由你来问我。不管问题是谁提的。答案既是肯定的，也是否定的。但它是个错误的问题。问话既应更准确，也应更宽泛——比较矛盾：

　　"你遇到过鬼吗？"

　　鬼魂的语言是一种视觉语言。漂浮，缥缈，透明。视觉体验是确凿的证据。即"我亲眼所见"的验证。所以我说，是的，我遇到过鬼，但我没有见过。没有幽灵般的形体，没有模糊的边缘，但我不止一次感觉到他们的手，他们的重量压在我的皮肤上。仿佛另一个有血有肉、四肢健全的活人正靠在我身上。触感与视觉不同，但它也具有真实性。

外婆死后的几个月里，我的外公开始向我讲述她的死。非常具体的声明。

"如果你的外婆会出现在家里的任何人面前，那个人一定会是你。"

他从未解释过这些话的依据，我也不明白为什么会选中我。不是去我哥哥那里，尽管已经有鬼魂造访过他，还有他那笼罩灵光和预知未来的梦。很可能我外公看到了我们家族的女人普遍拥有一种通灵的潜能，即使我自己没有意识到或感觉到它。然后那件事就发生了。我不抗拒这个故事。我也不想把它合理化。我试着把我的"物质不能被创造，也不能被毁灭"的思想抛在一边，再来讲这个故事。

在我父母家，我旧卧室里的单人床紧挨着窗户下面，从窗户望出去则是一个平坦的屋顶。外婆死后的几个月里，我在睡觉之前，都会钻到窗帘下，望向窗外的夜色。我会看着星星和她说话。或许因为那时我仍然相信上帝、天堂和圣徒——我向她祈祷。把她神化，像忏悔者对待圣人一样向她哀告。但大多数时候，我对她讲述我的思念，讲述学校里的事，那是我生活的原点。她死后一年，我经历了一次不幸的分手。躺在那顶楼的天窗下，我心神不宁，大部分夜晚都在床上辗转反侧。我彻底心碎了，花了很多时间对着那堵墙哭泣。于是我和外婆说话，抬头凝视着北斗七星四四方方的轮廓，或者试着判断那晚的月亮是什么月相。完成对星星的观察后，我会侧身躺下，然后请求她驱散这一切。有一天晚上，我感觉到了点什么。一只手放在我的肩上，令人宽慰地按着，然后抚摸着我的背，就像你抚摸一个生病的孩子。

转过去。转过去。转过去。

在我的脑海里，我的声音命令我这样做。我的身体感觉被钉在了床上，但我身体每个部分都想转过去。我睁开眼睛，房间里全是蓝色的光。这个阴暗的角落照不到月光，然而此时它被一片天蓝色的色彩笼罩着。我做了所有那些电影里演的动作，那些我哥哥看见安妮坐在床尾时做的事情——捏捏我自己，睁大眼睛，自言自语：这是真的，对吧？你没睡着吧？我是醒着的，我知道我是醒着的，但恐惧压倒了好奇心。我目瞪口呆，无法动弹，听见自己的心在胸口怦怦直跳。直到今天，我都后悔没有去那片蓝色中寻找到底是什么在那里。如果维罗妮卡·凯莉站在我床边，我应该有礼貌地向她致意。问她过得怎么样，是否怀念她之前的人生。

而更重要的是，我应该记住外婆的话。

你应该更害怕活人，而不是死人。

不管我一生中多么爱过一个人，也不管我的悲痛有多深——当他们去世被埋葬后，我都不会去拜访他们的坟墓。墓地是一些人的圣地，但我在那里什么也感觉不到。它们与我认识的那个人带给我的感受相去甚远。地下的一个盒子，埋在潮湿的泥土下，与我曾经爱过的人毫无相似之处。我死了之后，请将我火化。我说。取下我的戒指（要从我身上撬掉所有的金属，祝你好运），把我的身体像烧柴堆一样烧焦。现在我外婆的身上长出了青草，我想起她当时从草坪上拔出那些黄色的杂草，却不知她的生命已经开始倒计时。我想象着她站在草地上最后一次呼吸的样子，像她最后安息之处的绿色船身。

每个人在躺进一片打理精致的草地或装饰性砾石下的一个矩形盒子之前，都应该离开他的家乡，哪怕只是一小段时间。当我想起我的外婆时，我体会着她所生活的世界里的一个个小圈子，她的线性人生及其微小的地图，她巨大的损失和不眠之夜。所以，我干脆尝试想象她在摩洛哥的马拉喀什，在市场上为几只碗或几张地毯讨价还价，或者在土耳其的以弗所躲避正午的阳光。我希望她的身子骨硬朗，在遮阳篷底下喝着冰柠檬水。我希望她有机会成为另一个人——在别处——哪怕只有一次。

美国作家巴里·汉娜（Barry Hannah）说过，每个故事里都有一个鬼魂：一个地方，一段记忆，一种早已忘却的感觉。永远不会完全退去的体验，留下印记的人。一种永久的，即便是看不见的残留物。抚平的回忆，夹在书里的花朵；现在成了我们的一部分，就像由过去组成的一只假肢。很长一段时间里，我外婆是她自己故事里的一个幽灵，由于恐惧和悲伤而生活在她自己之外。她的母亲也被鬼魂缠住了，而且，如果有来生或者有某种残余空间，也就是那些来找她们的男性鬼魂所在的地方，或许他们现在全都聚在那里了。还有那些在她们之前的女人，那些由母亲和抹大拉们所组成的军队，那些对世界充满渴望的女人；从不要求任何东西的女人；越过那些山丘，向风呼喊的女人；被命运碾压，消失的女人；还包括那些为了更好的生活而离开的女人，或者那些留下来抗议的女人；以及所有走进未来之火却不回头看一眼的女人。

Where Does It Hurt?
(Twenty stories based on
the McGill pain index)

哪里疼?

（与麦吉尔疼痛指数有关的二十个故事）

麦吉尔疼痛指数（The McGill Pain Index）是 1971 年发展起来的一种依据量表评估疼痛的方法。医生们为疼痛制定了七十七个单词，分为二十组，患者从每组当中选择一个单词。然后他们从第一到第十组中选择三个单词，从第十一到第十五组中选择两个单词，从第十六组中选择一个单词，最后从第十七到第二十组中选择一个单词。于是病人会选择七个词来描述他们的痛觉。但词语往往不足以描述疼痛。虽然患者可以自由选择多个词语，但疼痛不只是一堆括起来的词汇。很难向一个从未体验过某种痛苦的人或一个在生活中基本没有痛苦的人解释这种感觉。医学专家创建了这个列表并选择了描述主体。然而这些词语并非来自经历痛苦的人；它们属于医生而不是患者。这是一次教化的尝试。

你疼过多少次？你当时能用所有准确的语言来描绘

它吗？

形容疼痛的词汇有哪些？

闪痛、搏动似的痛、颤痛、抽痛、敲打痛、重击痛
(Flickering, Pulsing, Quivering, Throbbing,
Beating, Pounding)

洗衣妇式扭伤

在他的小床上，我的儿子，我如此渴望的孩子
是一只白色的海豹幼崽，
柔软，没有棱角，
眼睛是虔诚的蓝色，
它们会一直是那种色调吗？

他蛤蜊状的指关节
皮肤像贝壳的沟槽

我把他抱起来，这个几乎可以算是一个人的小家伙
我发现一种陌生的疼痛
在我不用来写字的那只手的手腕上
一次搏动似的痛，一次抽痛
源头是肌腱

不是骨头。

很快我便不能把他抱起来了

也不能用牛奶泡泡浴哄他

把我的手放平

在他的肚皮上

在他的脊椎上

狭窄性腱鞘炎

专科医生告诉我。

或者叫洗衣妇式扭伤

（不是洗衣夫式）。

它提醒着

是女人

在洗衣，搬运，喂食，

她们的身体

是生育的受害者。

跳痛、闪电般的痛、枪击痛
(Jumping, Flashing, Shooting)

术后引流

一根干净的管子进入我的身体，像一条医学的蛇。

没有毒液或咬伤。带走旧血，骨

    屑，手术碎屑。

排瘀的管子装满了，一个白色的塑料太阳。

我要他们告诉我什么时候开始，就像开始赛跑一样。

准备——稳住——开始！

算上我，仿佛该轮到我在派对上唱歌了。

酒醉了，时辰晚了。

算上我，我就敞开喉咙。

1——2——3！

告诉我你打算什么时候开始。

我会的

告诉我什么时候

好的

告诉我——

痛像叉子插进肉里，管子从最深处猛拉出来。

    它出现了，一条伪造的脐带的

    分身。留下的洞，皮肤上的一枚红色硬币。

扎痛、凿痛、钻痛、刀刺痛
(Pricking, Boring, Drilling, Stabbing)

腰椎穿刺

用针窥探测，而不是用棍子

为了脑脊液

钻到椎骨里去

像开葡萄酒瓶塞那样

我是哪种葡萄？

蜷曲如胎儿，专注于房间里的

最高处，因为疼痛

是海拔；高山病。

刚被开采完，我两天都不能走路

我吃点什么最好？

锐痛、切割痛、撕裂痛
(Sharp, Cutting, Lacerating)

阻生智齿

我经常说话

但从来不知道

我的嘴这么小

直到口腔外科医生这么说。

这些话让我咯咯地笑起来。

幼稚，我知道。

有毛病的牙齿

穿破了皮肤

侧躺着，而不是直立朝上。

就像一艘倾斜的船，

一个靠在吧台上的醉汉。

长成另一颗白齿。

撕开表层的皮，

如一株春天的植物

冲破泥土。

外科医生让我

只能小口地

咬食。

这会逗乐我的朋友们

因为我总是滔滔不绝。

一堆句子的喷泉。

但现在我有医学证明

我有一张小小的小嘴

在麻醉的作用下，

金属拧转

在我嘴里的

小山洞里。

熔融的牙龈。

醒着的麻木感，

从我的牙壁上移走的砖头。

吃晚饭的时候，我给朋友们讲小口咬食的事。

我们互相比较，拍照。

我的同性恋朋友有着美丽丰满的嘴唇，他说

    小嘴对他来讲会是个麻烦。

我们笑了。

酒在那颗现在已经死了的牙齿留下的

空空的牙床上荡起褶子。

掐捏痛、按压痛、啃咬痛、痉挛痛、粉碎般的痛

      (Pinching, Pressing, Gnawing,

          Cramping, Crushing)

原因不明的头痛

感染反反复复，它们

像水手一样在破晓时分归来，

离开它们但愿从未看见的东西。

是头痛还是脑仁痛还是牙痛还是下巴痛？

我是个糟糕的考古学家，

就像电影《夺宝奇兵》里的那些人

挖错了地方。

按压颅骨、面颊、头部

碾碎肌腱，啃咬细胞

我的头骨里有只老鼠，

在我的大脑里跳跃，

在控制平衡和姿势的地方。

沿着耳道，疼痛盘旋上升

有一次，我感到眩晕，紧靠在墙上

仿佛在一艘正在下沉的船上。

我在铁锤、铁砧、马镫之间游泳

听小骨振荡着。

在拍摄核磁共振成像的通道里，播放着卡朋特乐队的

　　《超级明星》。

我专注于卡伦而非机器的噪声。

当我想着爱的时候，我大脑的哪个部位亮了？想着

恐惧，或是想着卡伦·卡朋特的时候呢？

这不是一只棺材。这不是一只棺材。这不是一只棺材。

咒语没有盖过脉冲阀的声音。你
　　在吗，卡伦？

拉拽痛、牵引痛、拧转痛
(Tugging, Pulling, Wrenching)

涂片检查

如果有人说他们会把月亮
放进你的身体，有可能
你会同意
感受它雪白的冰凉

脚底相对
仰卧女神的姿势
感觉不像神灵
更像是窥器的俘虏

热痛、灼痛、滚烫的痛、火辣的痛
(Hot, Burning, Scalding, Searing)

胃灼热（在孕期中）

它到来时像镇上的一个陌生人，一辆陌生的汽车

　　在街上巡游，母亲们则在窗帘背后观察它。

这种经历对很多人而言司空见惯，

对我来说却很新鲜。

电视上有粉红色药品的广告。演员们

　　抓着喉咙，皱紧眉头，表演着不适。

我父亲的胃很奇怪；与我的生命

　　同步。我妈妈怀我的时候，他的胃因为溃疡

　　穿孔了。他在医院附近工作；因为距离近

　　所以他没死。

但它在他的胃里留下了一个幽灵，终生困扰着他。

灼热袭来。消化道是火灾风险，可不是凤凰涅槃。

言语挑战着炼狱之火，但在我喉咙里化为灰烬。

通缉令：一只消防栓，把我冲下来。

颌骨咀嚼着粉笔质地的药片然后

扑灭了火，仿佛

我用了一条河来对付它。

还没怀孕的时候，我一般会直接吃掉从罐子里

190

拿出来的墨西哥辣椒。

刺痛、痒痛、擦伤痛、蜇伤痛
（Tingling, Itchy, Smarting, Stinging）

眼伤（在音乐节上）

每一寸草地上都站着人

音乐如血从一个条纹大帐篷流到另一个大帐篷

我们像异教徒一样跳舞，进入夜晚，在乡间场地的

漆黑之中，

露营地的发电机嗡嗡作响而我们

如同穿越战场的遍地尸体一样穿过那些帐篷。

然后一只眼睛就睁不开了。

流出液体。

一辆高尔夫球车来了，临时救护车，

滑稽地驶入草地过道，

碾过啤酒罐和

仙堡的鬼魂

我用我的手背挡住眼睛

一只海盗眼罩。

在医护帐篷里，一位医生——特别英俊——轻轻地

　　把我的头扶向一侧。每倾斜 45 度角，

　　他都要问一些私人问题。

你和伴侣一起来的吗？

和我丈夫。

有没有人伤害你？

没有！

他使我猜想这是否很普遍。男人是不是都在

　　彩色的旗子下打他们的女朋友，当他们

　　在充气的教堂里结完婚后。四周都是人，还有人

　　挨耳光吗？

他说：眼里进了异物。

我想：是我跳了太多舞，没有睡觉。

钝痛、酸痛、疼痛、隐痛、坠痛

（Dull, Sore, Hurting, Aching, Heavy）

非母乳喂养

肝素

卷心菜叶

悲伤

判决

轻柔的痛、绷紧的痛、刮擦痛、劈裂痛
(Tender, Taut/Tight, Rasping, Splitting)

疤痕

有时它们有牙齿，

用金属缝起来的嘴

好像在抗议。

皮肤被夹住，

为了能痊愈。

或者它们是浅浅伤口上的纸。

医用缝合线，一根眉毛的粗细——

血小板翻山越岭进入身体的

　　战壕，

一支由凝血队长组成的军队。

快速工作，直到柔软的组织形成一条接缝，

一座身体上的边界墙。

很痒，是啊，痒得你都不敢相信。

你观察它的进展，它的可能性。

别咳嗽，会裂开的，

它把自己合拢起来，

一只收束的蝴蝶结，噘起的嘴。

插在你地图上的一面新的旗帜。

累人的痛、使人筋疲力尽的痛

（Tiring, Exhausting）

妊娠

饥饿是一列蒸汽火车，

我铲着食物

以驱除恶心。

柔软的骨盆张开，一只狮子的下巴。

喉咙灼烧，比煤还热。

膀胱因你的重量而收缩。

睡眠就像砖头砸在头上

我错过每部电影的结尾。

为了使你生长，我体内的熊会冬眠。

体内的狮子踱步，总是饥饿，从来没有饱过。

体内的马犁出一条车辙，在我的腹中搅动，
       变出一个你。

体内的鲸鱼深潜，为你的骨骼指路。

令人恶心的痛、窒息的痛
(Sickening, Suffocating)

肺部栓塞

再深的呼吸也不够

填满我肺部的深井。

深深吸气，就像在闻

下雨时尘土的味道，佛手柑油，婴儿的皮肤。

医生指着 X 光片上的肿块

用笔画圈。

是因为多年来吸的二手烟吗？

不 —— 那是你的栓塞。

呼吸，就像空气快耗尽了，

在一只容器或棺材里。

每次吸气都像刀片刮在胸腔里

定量配给直到这种疼痛不那么频繁，

浅浅而不完整地呼吸。

肺部塌陷，真菌性肺炎

为了止痛，为了重新充气，

吗啡泵植入你的腹中

于是一整天都是魔法和闪电

我父亲说我找到了

生命的意义

我说了什么？你侧耳倾听。

老天啊！我听不见，亲爱的。

你：

——以为人们在那里，但他们不在。

——世界末日般地号哭。

——做着满是血和野兽的噩梦。

——捧起一把洗澡水，泼向你的

　　丈夫，就像扑灭一片金雀花的火海。

但它很有效，这种毒药。

肺部恢复了，你吸进空气，

深深地，像关节一样可以转弯。

令人恐惧的痛、害怕的痛、惊恐的痛

(Fearful, Frightful, Terrifying)

跌倒

在观众面前，我采访了一位女性主义学者。

　　　她聪明又风趣。我们团结在对父权制的

　　　恐惧里，交流我们各自剃光头时

　　　被骚扰的故事。

她说，男人总是根据一个女人的头发来做出关于

性取向、发生性关系的可能性及行事风格的假设。

后来，六月温暖的天空下，我在一条歪斜的街道上

　　　踩空了。转啊转，一个苦修的女孩，我摔倒前，

　　　恐惧便升起来了。

拍在水泥地上。髋部首当其冲，只不过不是骨头，

　　　而是陶瓷和钛合金。星星责骂我的笨拙。

在救护车上，我做了女人都会做的事——即使

　　　在恐惧中——我道歉了。因为占用了他们的

　　　时间，占用了这台担架，占用了这辆装载

　　　医用管子和口罩的车内的一侧。

我熟悉各种各样的酸痛，但对这一种很陌生。

在 CT 照片处，工作人员把我团团围住。

听我数，抬起来！然后我的身体，从头到脚，

都引爆了。

一种原子弹爆炸般的疼痛，放射出蘑菇云。

担心我造成可怕的后果。

你髋关节置换手术放的陶瓷球可能炸碎了。

我狂怒。我对自己做了这样的事情。

一位理疗医生确认了问题：严重的骨

    挫伤。

疼得好像骨折，经常在滑雪事故中看到的那样（我

    从来没滑过雪）。在病房的闷热里，我渴望

    雪，一场暴风雪，一场雪崩。

你躲过了一劫。一周后我的骨科医生

    说。

惩罚般的痛、煎熬的痛、残忍的痛、恶毒的痛、濒死般的痛

恶毒的痛、濒死般的痛

（Punishing, Gruelling, Cruel, Vicious, Killing）

无人倾听的疼痛

已有够多的咨询医师对我颐指气使，使我知道自己

    什么时候不被相信。当我尝试用这张列表上的

    词语来描述和表达

    身体的苦恼，有时我找不到合适的那个，

    甚至觉得这个词也许并不存在。病人们为自己的

    健康而战，为了得到承认和治疗，为了让人

    说：

我知道这是什么，我会帮助你的。

疼痛是要回答身体提出的问题。说出疼痛，

    是为了寻找解决办法，但这经常遭到质疑。

真有那么糟吗？

任何一种疾病都需要私人的指认。但在候诊室、

    病房和手术室里公开疾病的诸多情况，

    变得可以接受。公开，

    使患病的经历变得政治化——借用

    汉娜·阿伦特的说法，公共场合的任何行为

    都是一种政治行为。女人们很早就知道，

    消化疼痛是一种殉道方式，让我们慢慢

    靠近圣人的身体，仿佛不适的感觉等同于

    宗教的狂喜。仿佛痛苦是有意义的，

    尽管它没有。

难受的痛、炫目的痛

(Wretched, Blinding)

全反式维甲酸的副作用

红的和黄的胶囊

一种信号标识

台球桌上的球

剂量：每天九颗

（早上四颗，

晚上五颗）

吃十五天。

一项分开举行的仪式：

早上是黄色的

晚上是红色的？

ATRA。全反式维甲酸

含有砒霜，却是

一种很好的有毒物质。

不是肉毒杆菌，不是钋。

副作用：

头痛比宿醉时还厉害。

皮肤干燥，脱水。

视线模糊，眼睛罢工。

我视网膜上的那些形状，

旋转的万字符。

生育的象征

直到纳粹偷走了它。

我找到其他的词：

Tetraskelion。

Fylfot。

Gammadion Cross。[1]

恼人的痛、麻烦的痛、悲惨的痛、
剧烈的痛、难以忍受的痛
（Annoying, Troublesome, Miserable,
Intense, Unbearable）

被汽车撞倒（髋部）

贴着高高的水泥墙，孩子们的手臂拉成一行，组成
　　一座人肉桥。我弯下腰，跑过他们的长度，
　　他们就自由了。
在这场游戏中，我这次是主角，从最后一只
　　手臂下出现，胜利了。高举双手，
　　马上像胜利的孔雀那样踱步，我穿过两辆
　　停着的汽车，冲到马路上。

一个褐红色的幻影，接着撞上保险杠。
金属关节撞击着骨头，咔嗒作响
像摔跤手把我摔倒在地。

1　这三个词汇均为万字符（Swastika）的其他表达，目前尚无中文通译。

首先蒙了。

我的柔软对抗着道路，
蔚蓝的天空逐渐模糊。

起来，起来
司机惊恐的脸是静止的电影画面。定格的
　　恐慌。

有人把我抱起来，慌忙送至我父母家
孩子们在身后飞奔，风掀起他们的外套，像魔笛手，
我被抱着，从厨房到大厅
努力寻找我母亲的喊声
我们从这个房间找到那个房间，相互错过。
就像电影《E.T.》里，外星人进入房子的时候。

当地医生言简意赅。
没摔坏，你没事。
就是从这里开始。
无数次中的第一次
医务人员的轻蔑和
打发，我因此知道
女孩终生只能指望这样的对待。

疼了好几天。疼在深处，不接近表皮。

没有永久的伤口或疤痕。

一个丛林拼图的康复礼物。

我整理它的边缘，观察瘀伤出现

皮肤上的一朵睡莲。

几十年来，医生们试图解开我的骨头之谜，

　　　他们问：

你有没有跌倒过，或者出过事故？

我点头，但这个答案，并不是要回答他们那个问题。

扩散的痛、辐射的痛、穿透的痛、刺骨的痛
(Spreading, Radiating, Penetrating, Piercing)

乳腺囊肿

所有关于痛苦的词汇中，以下是最真实的：

扩散的痛、辐射的痛、穿透的痛、刺骨的痛

疼痛是一次烫伤，或是

圣塞巴斯蒂安[1] 遭箭射穿的肉体

1　圣塞巴斯蒂安（St. Sebastian，256—288）是古罗马禁卫军队长，基督教徒。他
　曾被罗马帝国皇帝下令以乱箭射杀，后侥幸生还，又被棍棒打死。西班牙有圣
　塞巴斯蒂安节以纪念这位虔诚的基督教徒。

在乳腺专科门诊，脸色苍白的女性看着滚动的

新闻。身穿蓝袍的女仆。切除乳房的女族长。

在充满洗手液味道的空气中，等待被叫到名字。
"颗粒"是个新鲜的词。用于谷物、沙粒、盐

沼、山石。

月球尘埃和太空岩石，肉身下的小行星带。
它的锋利令人惊讶。我本以为触摸乳房能感觉到

柔软的粗钝之物。而每次按压皮肤，

都摁在一把小小的剑上。

超声波显示一圈一圈像木炭似的圆圈，不是行星。

千万别是癌症。

一根针插进去，穿刺的蜇痛
黑色的圆球变成液体，一股恶臭的洪水注满了
注射器。
块状物仍然潜伏着，
但我熟知
每个陨石坑和黑洞，
熟知身体这个太阳系的每一寸疆域。

箍紧的痛、麻木的痛、挤压的痛、拉扯的痛、撕扯的痛

(Tight, Numb, Squeezing, Drawing, Tearing)

侧腹痛

怀念刺在身体一侧

的那一刀

因为跑得太快

八岁，或者十岁，模糊的感觉。

越过篱笆栏，长草

凯旋的音乐在耳边响起。

灼烧的感觉说明你跑赢了。

在一场像连指手套和乳牙一样遥远的比赛中。

凉痛、冷痛、冰冻般的痛

(Cool, Cold, Freezing)

神经损伤

我皮肤的某些部位

永远不会升温，

好像热天

被树荫遮住了似的。

神经麻木，表现不佳。
失误的手术刀
给了一个刀锋之吻。

喋喋不休的痛、令人反胃的痛、痛苦的痛、
可怕的痛、折磨人的痛
(Nagging, Nauseating, Agonizing,
Dreadful, Torturing)

分娩

两个孩子的预产期，
不用观望
也不会即兴而来。

至少我是这么想的。

两个都提前来了。
宫缩不经意地开始，
像浮木一样倾倒的疼痛
我儿子躺在我的脊椎上，
或者也许是躲在它后面。
我女儿的宫缩

提前了好几周开始。

翻滚拖拽。沉睡。

就像他们都说的那样糟糕。

冰凉的脊椎阻滞

作为主菜。

我的肚子被切开

仿佛是为了一场盛宴。

我的产科医生驱车

二百五十公里

来欢迎你们。

你的孩子总是很着急。她说。

A Wound Gives Off Its Own Light

伤口释出自己的光

伤口释出自己的光

外科医生说。

如果屋里的灯全都熄灭

你能借着伤口发出的光

把它包扎起来。[1]

　　　　　　　——安妮·卡森《丈夫之美》

　　疾病是偏远的哨所：月球，北极，难以到达的地方。相关经验存在的位置，那些有幸避开它的人永远不会完全掌握。我的青春期被住院治疗和预约门诊所占据，日历上写满了手术的日期。皮肤下出现陌生的物体。这个运转失常版的我是一个新的叛逆场所。我并不了解它；我不会它

1　　译文引自《丈夫之美》，安妮·卡森著，黄茜译，译林出版社，2021年，第3页。文字略有调整。

的语言。病后的身体有它自己的叙事冲动。一处伤疤是一个开场白，邀请别人提问："发生了什么?"然后我们讲述它的故事。或者说是尝试这么做。不是用平常的声音，不，那还不够。为了逃避疾病或身体创伤，有些人转而诉诸其他表达方式。会觉得有这个必要。疾病试图削弱患者，但我们通过控制它的扩张来抵抗它。病人试图理解自己的困境，类似于使用一条止血绷带。对一些人来说，艺术成为一种分散注意力的来源，一种受欢迎的专心致志，用于抹去这个刚成为病人的人生活中伴随的手术和无聊。我喜欢作家和画家。讲述自己患病经历的人；把他们的手术和被摧毁的身体变成艺术的人。

弗里达·卡罗十八岁那年，一场公共汽车事故永远改变了她的人生。后来她谈到这件事时说："扶手戳穿了我的身体，就像剑刺穿了公牛。"爆炸把她的衣服炸飞了，另一名乘客可能是装修工，他的绘画工具中有一袋金粉。它受到撞击时爆裂，撒满已经赤身流血的弗里达的全身。她的男友回忆说，当人们看到她时，他们叫道："舞者，舞者!"金色和红色混合在她血淋淋的身体上，他们以为她是个舞者，四肢在废墟中装饰般地扭曲着。最初为弗里达治疗的外科医生认为，以她的伤势，她活不了多久——她的骨盆和锁骨骨折，肋骨骨折，一条腿骨折，一只脚血肉模糊。她的脊柱有三处受伤，骨头折了三折，像三联画。

弗里达一生共做过三十多次手术，包括她膝盖以下的截肢手术。与儿童期的小儿麻痹症斗争已经够糟糕的了，这次事故及其影响则是灾难性的，她的痛苦十分漫长。1929 年，弗里达与迭戈·里维拉[1]结婚，当时她二十二岁，他四十二岁。他们的关系建立在艺术和政治、无常和吸引之上。即便他非常支持她的工作，即便他们之间关系的本质如同脐带一般，里维拉还是无法站在弗里达的立场上；她的痛苦是她一个人的。痛苦——不像激情——不能与另一个生命共通，它没有可以分享的片段。

我青春期时，在住院期间发现了弗里达。我们的健康问题差别很大；她的身体情况差得让我害怕。我不敢把我的痛苦和她的相提并论，但我们的经历在感觉上却是相似的。那时，甚至现在，我的身体几乎一直伴随着这种痛苦。带着痛苦的生活是一种分心的生活，每种思考都让位于疼痛的地方。痛苦是对于存在的提醒，接近笛卡尔主义。*Sentio ergo sum*：我感受，故我在。有些译本建议用 *patior ergo sum*：我受伤 / 受苦，故我在。然而，身体的经验抗拒文字，拒绝寄居在文字之中。它们不够用。伍尔夫

1　迭戈·里维拉（Diego Rivera，1886—1957），墨西哥著名画家，被誉为"墨西哥壁画之父"。

在《论生病》中写道：

> 最后，就文学而言，疾病的诸多弊端还包括语言的贫乏 [……] 如果让一个病人试着向医生描述他的头痛，语言立刻就会枯竭。没有任何词汇是可以立即为他所用的。他被迫自己造词，一只手拿着他的痛苦，另一只手拿着一团纯粹的声音 [……] 把它们捏在一起，最后就蹦出来一个全新的词。

我对弗里达的钦佩一直都跟她的作品有关；她的生活被转移到画布上，她的自我反省，涉及疾病的禁忌和女性的身体。2005 年，我去泰特现代美术馆看了她的大型画作回顾展。从一个房间逛到另一个房间，面对各种版本的弗里达。她的多重身份：作为艺术家，作为女人，作为病人。每面墙上都是不同的她。我在她画的《折断的圆柱》(The Broken Column) 前驻足流连。在画中，一个巨大的开口贯穿弗里达的躯干，露出她破裂的脊椎。那不是骨头，而是一根爱奥尼亚式柱子，象征着弗里达的坚忍，她拒绝向痛苦屈服。几百颗钉子嵌在她全身，眼泪顺着她的脸颊流下来。这幅画不仅是对痛苦的再现，它描绘了实实在在的疼痛。每当我看到它时，我几乎要往后退，因为我与它所唤起的感觉成了共谋。弗里达很想和里维拉生个孩子，但她的身体因公共汽车事故被摧残，无法怀上足月的孩子。她的第一次和第三次怀孕都以流产手术告终，因为对她的健康有风险，1932 年她的第二次怀孕终结于小产。弗里达受损的身体合谋反对她，不仅剥夺了她的健康，还剥夺了她做母亲的机会。《亨利·福特医院》（*Henry Ford Hospital*）、《弗里达与流产》（*Frida and the Miscarriage*）和未完成的《弗里达与剖宫产》（*Frida and the Caesarean*）都画于 1932 年。艺术和母职变得相互排斥，但母职——幽灵一般的、未实现的母职——在画布上反复出现。在她身体的历史中，母性就潜伏在画框之外。

扭曲的骨头，被贬低的自我之感：我与弗里达惺惺相惜。每个手术的前夜，每次手术麻醉后的晕眩，每一根针，切口，穿刺的伤口，我想着她。身体拒绝履行承诺的感觉。2018 年，我又去看了弗里达的另一场画展，但这一次——在维多利亚和阿尔伯特博物馆——焦点是她生活中的物品。其中有指甲油和面霜；衣服和书。但我去那里的真正目的是为了看到她医疗生活的残渣。展览的灯光暗淡，房间狭小而拥挤。转过一个拐角，我突然发现自己正往一只玻璃盒子里看，里面装着她的石膏绷带和手术束衣。我忽然发现自己泪流满面。这就是弗里达生活的现实，这些物品既帮助了她，也束缚了她。它们必不可少，却也是她的煎熬的源泉和象征。我的脑海里浮现出多年以前我自己的石膏模型；那种惨痛和无法动弹的感觉，我想知道它的影响会持续多久。

在她的许多自画像中，弗里达被描绘成遭刺破、穿透或被砍伤的样子。她们是坚定的形象，她还经常把自己画成动物的形象。在《受伤的鹿》(*The Wounded Deer*, 1946) 中，她将自己绘成一只被箭射中的动物。这幅画的左下角可以看到"因果报应"这个词。它的出现最初使我困惑。弗里达认为，她的痛苦是自己应得的，或者她觉得自己是受到了惩罚，这似乎不可思议。但是，或许我的假设基于把"因果报应"看作一个因果概念，是清算和重生的概念，而它也可以影射行动和作品。弗里达决定从困境的制约中走出，将它变成积极的艺术生活。我把这个词——她画作中出现的为数不多的几个词之一——当作一种褒奖。接受她无法改变的事物。如果你幸运，疾病就像一辆偏离公路的汽车，毫发无伤地翻进一条沟里。你撞开门，头晕目眩，然后走开。如果你不够幸运，这辆汽车会从悬崖上坠入下面的深谷。燃料和弯折的金属爆炸了，呈现一片橙色。

巴士事故后，1925 年，医生们为帮助她的骨头愈合，给弗里达做了全身石膏。它完成了医治的目的，但对弗里达来说，却是一座监狱。由于感到无聊和约束，她开始画画。因为她无法坐下，她妈妈给她买了一个特制的画架，后来在她床的上方放了一面镜子，这样她就可以画自己了。医用石膏却遮盖了身体。弗里达试图捕捉隐藏在下面的自我。在数月里，我也曾被封印在我的髋人字石膏中，我把它想象成一座坟墓，弗里达却从她的石膏中看到了可能性。弗里达的身体所遭遇的一切，都在她的作品中揭示出来了。她装饰了石膏，在她的红色假腿上画了一条华丽的龙，这次她把自己的身体当作画布。

　　"静止"（stillness）这个词也包含"疾病"（illness）。卧床不起的岁月让我成为一个不断阅读的人。书籍使被拘禁在室内而无法移动这件事较为容易忍受。弗里达在出事后的几个月里，从绘画中找到了庇护——但如果没有发生那次事故呢？如果车祸那天她在别的地方，她还会成为一名画家吗？在发现艺术之前，她的计划是成为一名医生。无法行动是想象力的燃油：在恢复期，心灵渴望开阔的空间，黑暗的小巷，登月。她的画作是处于危险中的恐慌的身体的一堂课，是一种向那些不熟知它的人传达痛苦的方式。疾病和艺术也许是主观的，但当我第一次看到她的画时，它们恰恰表达了我曾经的感受，以一种十几岁时的我无法描述的方式。

　　多年来，在她描画自己身体的问题、她的破碎、她的无法生育的生涯中，弗里达从未详细描绘过那次事故的现场。从没画过那场杀戮，被撕成块的汽车和骨头。她只在一幅名为《事故》（*The Accident*）的粗糙平版草图中画过一次事故之后善后的画面。里维拉和弗里达收集了一些墨西哥还愿牌——献给圣人们的小画，用于感恩能够在疾病、受伤或死亡中幸存。弗里达在一幅小画上重画了一幅巴士事故的场景，把目的地改成了"科约阿坎"[1]，并把趴在地上的受害者的脸改成了她自己的脸，还画了一字眉[2]。

在她的画作《公共汽车》（*The Bus*，1929）中，她画了事故发生之前的自己和其他乘客。这幅画捕捉了她生命永远改变之前的那一刻，她濒死之前的那一刻，她生命中没有痛苦的最后时刻。当我看着她的作品，我为那身体的语言（和它所有的热烈与鲜活）跟科学的医学词汇多么不一致而震撼。对弗里达来说，任何词语都不够。它们太过轻微或笼统。在疾病中，很难找到合适的词语。乔·夏普科特[3]出版于2010年的诗集《无常》（*Of Mutability*）是她在确诊乳腺癌后创作的。"癌症"一词并未出现在书页上，这本书是献给夏普科特的医疗团队的。词语会让我们失望，它们也曾使弗里达失望。它们无法驾驭她想说的内容。对她来说，艺术——而不是语言——才是她表达痛

1　科约阿坎（Coyoacán）是墨西哥城的十六个区之一，拥有悠久的历史和浓厚的文化氛围，弗里达和里维拉曾在此居住。

2　一字眉是弗里达的标志性特征。

3　乔·夏普科特（Jo Shapcott，1953— ），英国当代诗人。

苦的媒介。

当露西·格里利[1]的健康状况开始主宰她的生活时，她将自己沉浸在语言中，用诗歌、散文来表达自己的处境。1963 年，她出生于爱尔兰，不久随家人移居美国。九岁时，她被诊断出患有尤因肉瘤[2]，这是一种罕见的面部癌症，需要切除她的大部分下巴，并进行三年的化疗和放疗。到格里利二十几岁的时候——当时她正逐渐成为一位受人尊敬的作家——她已经做了近三十次手术（与弗里达的次数差不多）。这时她正在进行的手术是一场战斗，一场与她自己的脸的搏斗。医生们经常用手术刀给她开刀，摘除骨头，移植皮肤，使她付出惨痛的代价。那是高度侵入性的，而且因为病灶是她的脸，所以没法隐藏。她不能向世人隐藏自己的这一部分，不像脊椎或腿。她那张被缝合得伤痕累累的脸一直展示于人前。疾病是一种负担，她身体的残疾无法逃避，但这还不是她这段经历中最糟糕的一面。在一次坦率的访谈中，格里利承认："这件事带来的痛，我对丑陋的意识所带来的痛，长期以来是我生命中巨大的悲剧。事实上，相比之下，我得了癌症这件事反而显得微不足道。"

1　露西·格里利（Lucy Grealy，1963—2002），爱尔兰诗人、作家。

2　尤因肉瘤（Ewing's sarcoma）是以小圆细胞为主要结构的原发恶性骨肿瘤。

她写作中的自信与她手术后的面容所唤起的不安全感形成了鲜明的对比。《一张脸的自传》(*Autobiography of a Face*)也是唯一直接、专注、深刻地向我讲述身体疾病带来的自我意识的书,尤其是在我年轻的时候。格里利唤起了伤疤的物质性,不完美的物质性,但她也捕捉到了疾病的孤独感。据她回忆,没有一个人——医生,老师,她的家人——问过她正在经历什么,或者她有什么感受。

格里利在写作中从各个角度审视了她的手术。医疗干预和准备切开身体的过程涉及接触和触觉;与医生、护士、搬运工的互动:这是一种交易,一种交换。这对许多病人来说是一种打扰,但对格里利来说却是一种联络的形式,接受帮助、获得关注的方式。"从手术中得到这种情感上的慰藉,我不无羞愧之情:毕竟,做手术是件坏事,不是吗?我在如此细致的照顾中感到这样舒适,我是不是有什么毛病?"

也许写作比艺术能提供更多的掩护——可以躲在成千上万的文字背后。写作不像绘画(特别是弗里达的作品),作家不会明确地把身体展示出来。词语是无花果的叶子,是赤裸病体上的一块谦虚的补丁。弗里达主要画油画,而且似乎已经在画布上穷尽了对她身体所有部分的探索。画画或雕塑是不是不如给自己拍一张照片更直接?现代自画像的形式已经发生了变化,油画中数月的劳动现在在自拍中变得迅速。弗里达会拒绝这种图像的即时性本质吗？一张照片，一秒钟拍下来，不能展现累月的痛苦。那一层层的油彩和重复涂画的笔刷把握了体验中的更多内容。但是，弗里达也用颜色鲜艳的衣服来遮盖她的身体，许多服饰来自墨西哥的母系地区特万特佩克地峡。在1934 年的木炭画《外表可能是骗人的》（*Appearances can be Deceiving*）中，她描画了一个透明的自己，她的伤痕在裙子下清晰可见。"我得穿长长的裙子，"她说，"因为我的病腿很难看。"我想起了我自己年轻时不肯穿的衣服的一长串清单。任何紧的或短的衣物；紧贴在身上的材质会突出我那一瘸一拐的走路姿势，那令人厌恶的跛行。不可避免的是，随着年龄的增长，我的一条腿变得更短了。有人建议我使用增高垫，以消除长度的差异，抵消脊椎每天的疼痛。有时人们都会掩饰，或许是为保护我们展现给世界的那个自我；抗拒生存所必需的道具。最终，我们都找到了掩护。

摄影师乔·斯彭斯[1]坚决以她的身体为主题。她决心把镜头对准自己，这与她的健康状况直接相关。确诊乳腺癌后，斯彭斯把它作为创作对象，她工作的绝对中心，记录下手术前后自己的身体部位。在与艺术家特里·丹尼

1　乔·斯彭斯（Jo Spence，1934—1992），英国摄影师、作家。

特合作的系列作品《健康的图片？》（The Picture of Health? 1982—1986）中，有一个特殊画面至今使我心跳加速。这张照片是在医院的一间病房里拍摄的，镜头稍微有一点距离。这是一个几张床之外的病人视角，可能是斯彭斯自己的视角。摄像机对准一群围在一个病人床边的医生。他们穿着统一的白大褂，彼此无法区分。观众看到的只是一群人，而不是组成它的具体个人。人数可能是安全的，但在医院的情景下，它产生了相反的效果。画面唤起了一种胁迫感。在这样一个狭小的空间里，床的两侧都围着陌生人，非常压抑。没有隐私，基本上也没有寒暄。说话的人很粗鲁；那些不说话的人则干脆盯着看。冷漠地听着解释给他们的那些医学叙述。"这个病人有 X，临床表现是 Y，正在用 Z 方法治疗。"这些小组到访曾经让我很害怕。我觉得自己被审查了，而且无法说话，就像罐子里的标本。我在场，但不被邀请参与讨论。在斯彭斯的照片中，这个群体全部由男性组成。

在《癌症休克》（Cancer Shock）一书中，斯彭斯写到了这样一次与医生的遭遇：

　　一天早晨，我正在看书，突然发生了一件劲爆的事：一位穿白大褂的年轻医生带着他的学生随从，站在我的床边。他看着自己的笔记，没有任何征兆地弯腰，在我左乳上方的肉上用笔画了个十字。就在他这样做的时候，一整串混乱的画面在我的脑海中闪过。更像是溺水的感觉。这个我以前从未见过的医生，这个潜在的行凶抢劫者，他告诉我，我的左胸将必须被切除。同时，我听到自己回答说："不。"满腹怀疑地；叛逆地；突然地；愤怒地；充满攻击性地；可悲地；孤独地；用完全的无知来回答他。

斯彭斯的摄影最为闻名，但她也会用文字，会用剪报来剪辑组合。《癌症休克》是一本摄影小说，其中收录了她接受药物治疗和手术伤口的影像。在她的作品中，她既抵制又消解了对自我的医学表征。谈到《癌症休克》时，她说："我想要用犀利、直白、医学式的风格记录我残破的身体。"斯彭斯言辞激烈：告诉她的读者和医生，即使手术和解剖是必要的，她的身体也属于她自己。这些图像是一次保持控制和维护权利的尝试。2012 年，我初次见到她的作品，是在爱尔兰举办的一个名为"活着 / 失去：艺术中的疾病体验"（Living/Loss: The Experience of Illness in Art）的团体展览的一部分，我理解了她的使命。我写了一篇关于这个展览的文章，也谈到了我自己的生活。我现在意识到，那次是我对自己的疾病进行自我调查的开始，这在很大程度上是受斯彭斯的摄影作品鼓舞的。《健康的图片?》收录了她最著名的照片之一。是在一次乳房肿瘤切除手术的前一天晚上拍摄的，她上半身赤裸地站在那里，面无表情，却直视着镜头。她的左胸上写着字——以及一个坚决的、绝对必要的标点符号——"斯彭斯的财产？"它毫不动摇，略显来势汹汹，却又充满尊严。

对斯彭斯来说，反抗的行为是自然而然的，她从不称自己为艺术家，更喜欢她自己定义的"文化狙击手"。公与私、主体与客体之间界限的模糊。辛迪·谢尔曼[1]也一样，她的作品也是一部摄影自传，但谢尔曼盛装打扮，再现女性的各种夸张版本，斯彭斯却一层层脱去衣衫，把自己还原成一个和疾病打交道的朴素的真实女人。她的作品反对伪装，反对受害者话语。作为公共卫生系统内的一个统计数字，这物化了她，削弱了她的"人"的本质，激励着她进行反击。她写道："最后，我开始把我的身体看成一个战场。"

女性艺术家很容易被其所处的父权文化所收服：被物化、女性化、性感化。最近弗里达像芭比娃娃一样被视作永垂不朽：她的皮肤变白了，身体变得匀称了，她的残疾和种族特征也被抹除了。在维多利亚和阿尔伯特博物馆举办展览之前，一位女记者评价说，"她的自画像经过了修饰，但从不过分。就像任何伟大的品牌一样，她的形象在其简洁中几乎充满了孩子气"，并把她那著名的眉毛与

1　辛迪·谢尔曼（Cindy Sherman，1954— ），美国著名摄影艺术家。

耐克的商标相比较。这种对弗里达的拉拢，肆意忽略了她在作品中对她自己以及她的身份相当激进的再现。

对许多艺术家而言，尤其是对斯彭斯来说，一个重要的动机就是被人看见。如果人们看不到自己在一种文化中得到呈现，那么就迫切需要创造这种空间。作为一个女人，一个正在老去、多病的工薪阶层女性，斯彭斯渴望那种呈现。她与像她一样的女性的一个艺术版本。斯彭斯和罗西·马丁一起创作了一个名为《光线疗法》（*Phototherapy*）的系列，结合了喜剧和女性主义思想，以及一个治愈身体痛苦或过去创伤的机会。这部作品颇具煽动性，但也包含了斯彭斯创造过的一些最有趣的形象——吸吮婴儿安抚奶嘴的家庭主妇，正要抽烟的铆钉女工罗茜[1]。在处理最严肃的主题（死亡、创伤）时，斯彭斯有时选择幽默。

就像每次手术前我都会想起弗里达一样，斯彭斯的照片也会浮现在我的脑海中：那群围成圈的医生，写在肉体上的文字。回到繁忙的病房，预先服用药物，穿上熟悉的病号服，护士在我的身上用记号笔画画（黑色墨水，还是蓝色？）。用圆圈中的"L"标记正确的那条腿。缝线前的短暂印痕，终有一天会褪色，但永远不会消失。我把

---

1 铆钉女工罗茜（Rosie the Riveter）是第二次世界大战时出现的一个美国文化象征，画面中为一名女工双手挽袖，右手握拳向上，并配有文字"We can do it!"（我们能做到！），代表"二战"期间在工厂里生产战争物资的妇女。

这种行为视作一次艺术创作：把艺术当作这件事的指导和目的。去年，拍乳房 X 光片、活检超声波检查和细针穿刺抽吸活检之前，一位医生在我乳房的囊肿周围画了一些圈。它们在屏幕上看起来像冰雹或彗星。

    探索露西·格里利的书写仿佛是拥抱一种过度，仿佛面对无法面对的事物依然不能退缩或逃避。在弗里达的作品中，有静止，无法行动，僵硬，直立的姿势，但在斯彭斯的作品中，有能量和运动。在《我为了后代给我的乳房镶上边》(*I Framed My Breast for Posterity*)中，斯彭斯在家，而不是在医院，周围都是熟悉的物品，这立刻提醒我们，疾病已经将它的触角延伸到了她的日常生活中。她在图像的中心，她的左边是一组工人的照片，都是男性。她从腰部以上赤裸，除了佩戴一对珠子，还有一条绷带像悬带一样在她的左胸下绕一个环，像地图上的一个点那样标记着她的身体。木制外框是特地放置的，举过她的胸前，使它成为整个场景的焦点。斯彭斯是在告诉我们——展示给我们——她的肉体自身不是皮肤和细胞转瞬即逝的集合体，而是通过她的艺术成为一件将永远存在的不朽作品。做髋部手术的那些年，我常常选择遮蔽我的身体，但斯彭斯自信地暴露她的身体，使它成为它自己的宣言。

弗里达死于 1954 年，时年四十七岁，一年前她的腿最终被截肢；1992 年，斯彭斯死于白血病（和我患的是同一种白血病吗？）；还有渐渐依赖止痛药的格里利，十年后因过量服用海洛因而死，年仅三十九岁。用艺术、文字或照片来表现诊断，是向我们自己解释发生过的事、解构世界，并用我们自己的方式重建世界的手段。也许讲述一种改变我们生命的疾病是康复过程的一部分。但是找到属于你的表达方式也很重要。对我来说，弗里达、格里利和斯彭斯曾是黑暗中的光，是引导。一个三角形的星座。于我而言，她们向我表明，去过一种平行的创造性的生活是有可能的，一种盖过病人生活的生活，把病人生活推离中心舞台。她们告诉我，人可能患病，但不能成为疾病。她们把病人的私人（与世隔绝的）世界与具有创造可能性的公共世界联系起来。卡森的那句诗——"伤口释出自己的光"——正好阐释了这三位艺术家所做的工作。她们表明，在拿走所有被外科手术折断的自我碎片后，还可以重新安排：让创伤成为灵感的源泉，而不是灵感的终结。

The Adventure Narrative

冒险叙事

"毫无疑问，在一个清新、忧郁的早晨离家出走
会让人心旷神怡。"

——简·里斯[1]《左岸》（1927）

　　死胡同口的木制路牌钉在草丛里，有一个孩子的胸
口那么高。我们翻到它的上面，想象它是体操运动员的高
低杠。有那么激动人心的一瞬，世界颠倒了，本该是蓝天
的地方却是青青草地。路牌位于一座小山的山顶，我们从
上面滚下来，像一个轮子的径向辐条，尖声大笑。青草紧
贴着胳膊肘，天空将自己分开：山顶上是一种色彩，等我
们到了山下，颜色又不同了。

　　现在一定是夏天了，因为到了晚上，天还很亮，太

1　简·里斯（Jean Rhys, 1890—1979），英国作家，代表作为《藻海无边》（*Wide Sargasso Sea*）。

阳仍然高高挂在天空。月亮也升起来了；粉笔似的白，是太阳在夜里的影子。天空的某个部分，要么是它的色调，要么是孤独的云，向我诉说着这个星球有多大。这座小庄园并不宽阔，这片以瘟疫坟命名的郊区也是，甚至这座城市也是。世界就在外面。它说。

闭上你的眼睛。

幻想一次冒险。

你看到了什么？

也许是下列情形之一：

A）索具摇晃着，船帆拍打着。甲板擦洗过了，涂上了柏油，由于承载着沉重的货物而发出呻吟。脚离开陆地，爬上舷梯。起锚，离岸，海洋深深的犁沟，几千英里。冒险开始了。

B）高高的山坡上，底下是积攒着人们流的血的野外大本营。万里无云，强光使人什么都看不见。绷紧的绳索，尸体像锚一样。往上走。

C）积雪压得紧紧的，一成不变的景观。帐篷、食物、高高堆在雪橇上的地图。唯一的声音是风和靴子踩在冰上的嘎吱嘎吱声。有人死于自相矛盾的脱衣服，发烧的大脑相信身体过热，导致人脱掉衣服，就像脱掉衣服游泳一样。低温症迅速蔓延。手指像树枝一样折断。

这类故事一直存在。关于勇气和胆量的永恒记述。反复讲述的冒险故事，每一次都重新缝合了一个新的事实或谎言。冒险是丛林的绿色重量或是公海里的一艘轮船，是英里的积攒，是抛下一切离开。每一次讲述都是一次复述，移植读者，把我们每个人都放进那个故事里。我想象自己进入这些风景，冲进去，在雪地上扎营，躲在船里偷渡——但几个世纪以来，这些故事都不属于女性。

回首历史：相机的取景器咔嚓地掠过一些熟悉的面孔。麦哲伦和阿蒙森[1]，库克船长[2]和弗朗西斯·德雷克[3]，"想必还有利文斯通博士[4]？"由男性主导的英勇事迹。穿越蓝色的里程，冒险叙事总是建立在与男子气概有关的故事之上。男人是这种故事的中心主体，更配得上定义它和体验它。如果可以睡在星空下面，有大草原可以跋涉，有海浪可以航行，历史总是热衷于告诉我们，它会落到一个满面油光、汗毛浓密、满脸污垢的男人头上。女人们则待

1　指罗阿尔·阿蒙森（Roald Amundsen，1872—1928），挪威极地探险家。

2　库克船长（Captain James Cook，1728—1779），英国皇家海军军官、航海家、探险家和制图师，带领船员成为首批登陆澳大利亚东岸和夏威夷群岛的欧洲人，也创下首次有欧洲船只环绕新西兰航行的纪录。

3　弗朗西斯·德雷克（Francis Drake，约1540—1596），英国探险家、航海家。

4　指戴维·利文斯通（David Livingstone，1813—1873），英国探险家、传教士，非洲探险史上最伟大的人物之一。

在家里，维持家庭生活的平衡。

一直以来，心血来潮地出行是某个性别的专利，也是财富的专利：金钱和男性身份更有利于实现。家庭的需求将妇女拴在原地，而不得不离开的是男人。但不仅仅是离开，也不仅仅是去经历冒险的可能。离开也是一种放弃所有责任的许可——不必挣工资或帮忙养家糊口。难怪它看起来如此诱人，完全摆脱了家庭的期许和工作日的约束。环球航行的可能性，最伟大的冒险之一，是雄性的专属领域——直到内莉·布莱打破这个定律。1889年，她供职的那家美国报纸决定重现费雷亚斯·福格在小说《八十天环游地球》中的旅程。最初，这个机会给了一名男性工作人员，但布莱坚持想要独自去做这件事。那时没有 GoPro 和 GPS，她立即出发，只带上一小袋必需品。无人陪伴——这在 19 世纪女性的旅行中是罕见的——布莱乘坐轮船和火车在七十二天内完成了旅行，这个纪录她保持了一年。布莱不仅要航行于海洋和城市里，争取进行这次需要离开好几个星期的旅行一定很难。有反对意见吗？几乎可以肯定，基于对安全的担忧，或者只是对两性差距缩小的恐慌；假装担心某个有魄力随时出发的人——特别是一个女人。大多数 19 世纪的女人在追求冒险时都需要得到某位男性亲属的许可。她怎么敢？

人们都还记得，有无数努力独自去看世界的女性。第一批登上珠穆朗玛峰或抵达南北极的女性的名字并不为大众所知晓（即便在 1975 年，田部井淳子[1]登上了珠穆朗玛峰之巅；1986 年，安·班克罗夫特[2]在没有补给的情况下随队到达了北极）。但她们并不被认为是真正实现壮举的第一批人，或被认为获得了抵达终点线的成就，反正不如她们的男性同胞的成就那么重要。男性所完成的第一次在历史上不可磨灭。学校里教授关于他们的知识，他们被画在画里永垂不朽，并成为课堂测验的答案。在这种抹除中，历史让女性失去了什么？

> 我乘坐飞机从内罗毕机场起飞大概有一千次了，但我每次感受到它的轮子从地上滑翔到空中时，都体味着那种不确定性以及初次冒险的兴奋。

1902 年，柏瑞尔·马卡姆[3]出生于英格兰东米德兰兹的阿什维尔，一个距离任何水域或海岸线都有数英里的内陆小镇。四岁时，她随全家搬到了非洲，她很快就在肯尼亚的酷热中迷失了自我。马卡姆不知疲倦，寻求刺激，驯

1　田部井淳子（1939—2016），日本登山家、作家，世界上首位登上珠穆朗玛峰的女性。

2　安·班克罗夫特（Ann Bancroft, 1955— ），美国探险家，第一位参加并成功完成几次南北极艰苦探险的女性。

3　柏瑞尔·马卡姆（Beryl Markham, 1902—1986），英国航空专家、冒险家、驯马师、作家。她是第一个单人驾驶飞机横跨大西洋的人。

过马匹，但总是在空中时最快乐。作为一名合格的飞行员，她渴望非洲广袤的橘色天空，呼啸的狂风，从空中俯瞰地貌的机会。她累计在空中飞行了数千小时，为游猎者投放标志杆以及寻找猎物。为了一次打赌，马卡姆成了第一位独自从东向西飞越大西洋的女性，而在这二十小时的飞行中，她只吃了一个三明治，喝了一个小扁酒瓶装的咖啡。驾驶舱（这个名字让人联想到一个男性抓握物，充满男子气概的空间）[1]又窄又硬。临近美国海岸线时，飞机的燃油管开始结冰，使马卡姆迫降在加拿大的新斯科舍省。在百代电影公司制作的新闻短片中，她面带微笑，穿着宽大的裤子，一片小小的创可贴覆盖在她前额的伤口上。马卡姆写了一本关于这段非凡经历的回忆录《夜航西飞》，赢得了许多崇拜者，其中包括海明威，后者评价道：

> 她写得太好了，而且是出奇地好，我简直为自己是个作家而感到羞愧。我觉得我只是文字的木匠，工作时把配置的零件都捡起来，然后将它们钉在一起而已，有时能做一个马马虎虎的猪圈。

海明威唯恐过分夸奖一位同行，他提醒自己的编辑

1　因"驾驶舱"（cockpit）一词中的"cock"有男性生殖器之意。

马克斯韦尔·珀金斯[1]，马卡姆是一个女人（事实上，他称她为"一个女孩"），而她竟然那么善于和文字打交道，她一定是一个卑鄙的噩梦。

> 但是这个女孩，据我所知，她非常不讨人喜欢，我们甚至可以说她是个高级婊子，她能写作，让我们这些自认为是作家的人都感到警觉 [⋯⋯] 这真的是一本非常棒的书。

这位女冒险家被质疑，仿佛她实现自我的尝试侵犯了男性同胞们的追求。旅行的欲望或许引发了人们的不解：为什么会有女人想逃离壁炉或灶台，逃离家务的苦差事，逃离凑合，逃离拼命让更多人吃饱饭，逃离让其他每一个人比自己先高兴？追求刺激的女人是令人畏惧的；勇猛的女人要受到惩罚。

爱尔兰一直善于根据这些特点来评判本国的年轻女孩。惩罚那些看上去过于独立的女孩；过于牙尖嘴利或拥有宏伟想法的女孩，或者那些只是生了太多孩子的女孩。她们被幽禁在抹大拉洗衣房里，怀孕的、未婚的，人们期

1　马克斯韦尔·珀金斯（Maxwell Perkins，1884—1947），美国出版史上的一位天才编辑，他发掘了 20 世纪上半叶许多著名作家，其中包括菲茨杰拉德与海明威。

望她们流露出对"得救"的感激之情，一种表演式的拯救。让女孩们首当其冲地承受一件男性同样参与了一半的事情的主要压力，这已经够糟糕、够残忍、够可怕的了。但还有一些其他女孩也沦落于此。太聪明、太性感、太过分的女孩。直言不讳的女孩，说不，我不愿意的女孩。不想重复母亲或（外）祖母的人生的女孩。因为可能会怀孕而被安置在这些房子里的女孩。妖媚、自信或不好控制的女孩，监禁可以先发制人地打击她们。另一种名字的监狱。如果你有冒险精神，你的冒险就到此为止了。在几十年来强硬的法律所累积的阴霾中，这里的人曾有不同的旅程。从偏僻的农舍到养老院或到城里亲戚的阁楼；前往英国开始新的生活，取代旧的生活；直到最近，这些旅程还意味着每天有十二名妇女离开爱尔兰，以寻求堕胎服务。

在 21 世纪——去几乎任何地方都是完全可以接受的时候——一个要去山区、森林或大海的女人仍然会被如此漫不经心地问道：

你不紧张吗？

从小到大，每当有人问："你长大后想做什么？"我的回答总是一样：飞行员。在一次穿越欧洲的航班上

（安全地收置好了拐杖），我被允许参观驾驶舱；现在，"9·11事件"发生后，这种行为成了过去式。马耳他航空公司的飞行员在这个狭小的空间里"移交"了控制权。在欧洲的云层之上，我突然想到，在一个狭窄的座位上坐上几个小时，对我有问题的双腿会是一种折磨。多年的手术意味着我不太可能通过体检。但有那么几分钟，在那纯净的蔚蓝中嗅着机身的气息，在云层上翱翔，双手放在操纵杆上，我感到快乐。

　　爬上云端便能将一切都抛下：国家，边界，时区。离开地面就是去一个没有着落的地方，而对许多女人来说，天空有她们自己的主权。在艾米·约翰逊[1]和阿米莉亚·埃尔哈特[2]之前，还有1878年出生于英国肯特郡的英裔爱尔兰人莉莲·布兰德[3]。她母亲去世后，她和父亲搬回了他的老家——贝尔法斯特北部安特里姆郡的卡恩莫尼。你能读到的任何关于布兰德的报道都重点谈到她对武术的热爱，她穿裤子、抽烟以及拒绝侧身骑马。所有这一切都

1　艾米·约翰逊（Amy Johnson，1903—1941），英国飞行员，首位从伦敦单人飞行至澳大利亚的女性。她在"二战"期间的一次飞行中失踪。

2　阿米莉亚·埃尔哈特（Amelia Earhart，1897—1937），美国飞行员、作家，在一次环球飞行中失踪，至今下落不明。

3　莉莲·布兰德（Lilian Bland，1878—1971），爱尔兰首位女飞行员、世界上第一位女航空工程师。

是在暗讽地强化布兰德的男性气质，说她不像其他女人。她做过摄影记者和摄影师，但很早就对飞行感兴趣。莱特兄弟在 1903 年就已经创造了航空历史，经过一番研究，布兰德也制造了她自己的滑翔机，后来开始研制更先进的机型，最后决心在上面加装发动机。她用云杉木和梣木制造飞机的架构，用梣木做机翼，把油箱存放在机架里。翼展刚刚超过二十英尺，控制装置是由一辆自行车的车把制成的。布兰德在卡恩莫尼山上进行了试验，并让一名当地男孩和五名爱尔兰皇家警察抬起飞机，直到风力把它推起来。她根据总重量计算出，这架飞机可以装一台发动机，于是买了一台 20 马力的二冲程发动机。发动机运送迟了，她迫不及待地去了曼彻斯特，用渡船亲自把它带回爱尔兰。1910 年 8 月，在奥维尔·莱特的尝试七年之后，莉莲·布兰德终于起飞了。"蜉蝣号"达到了三十英尺的高度，在空中飞行了不到半公里。后来，布兰德在《飞行》杂志上发表了一封热情洋溢的信，信中写道："我飞过了！"于是，布兰德成了第一位设计、制造和驾驶自己的飞机的爱尔兰女性。她父亲恳求她不要飞，并答应如果她中止这件事，就送给她一辆车，但布兰德已经实现了她的目标。冒险史上充满了像她这样的名字——利默里克[1]的玛丽·希思夫人[2]、登山家安妮·史密斯·佩克、探险家

1　利默里克（Limerick）是爱尔兰西部的一座城市。

2　玛丽·希思夫人（Lady Mary Heath, 1896—1939），爱尔兰飞行家。

范妮·布洛克·沃克曼——充满好奇心，不肯妥协的女人们。布兰德、马卡姆和布莱讲述了故事，但也为她们的叙述负责，并亲自将它们写下来。她们不理睬让她们保持原地不动和保持安静的普遍劝告。但是，每一个阿米莉亚·埃尔哈特、珍妮·贝尔[1]或伊莎贝拉·伯德[2]式的女性身后，都有数百万的女性寸步难行。没有大冒险，不能从空中鸟瞰。贫穷的女孩，患病或能力下降的女性，她们在世界上的角色早已被决定，像磐石一样不可撼动。

旅游癖——尽管它充满浪漫元素，让人神经兴奋——并不是每个人都能享受的。例行公事和确定性不是强制的，但对某些人来说可以是一种让人感到安慰的模式。冒险需要某种态度：冒险的冲动，去拥抱变化。不知道自己会睡在哪里的兴奋，每晚揭开一张不同的天空，星星斑驳地点缀在靛蓝色的夜空。留下来比出发更容易。

冒险意味着一时兴起，出发不需要片刻的思考，而且不回头。在马斯洛的需求层次理论（人类需求的金字塔）中，最底层是生理需求（呼吸、水、食物、住所），向上则是安全、爱/归属感和尊严，最后是自我实现——冒险位于接近顶端的位置。环球旅行的能力，乘坐热气球

1　珍妮·贝尔（Jeanne Baré，1740—1807），目前已知的第一位环游世界的女性。

2　伊莎贝拉·伯德（Isabella Bird，1831—1904），英国探险家、作家、摄影师。

飞行或参与环球比赛，是最高级别的奢侈。对于穷人和工人阶级来说，冒险与资本联系在一起：寻找刺激的唯一机会是一种自我创造的行动。自愿从事船舶工作以换取通行的机会，给富有的旅行者当仆人或给探险家当助手，承担建造美国州际公路的挖掘工作。在 20 世纪 60 年代，爱尔兰政府曾提供花十四英镑即可前往澳大利亚的旅行服务，条件是旅客要在那里住两年。这对度假来说就太长了，对一个流放的人来说又不够，但对于沉浸式体验内地的沙滩或城市道路上的热砖来说却足够了。

十岁时，爱尔兰的德弗拉·墨菲[1]得到了一本地图集。她为其中的地图和边界所痴迷，发誓有一天会骑车去印度。1963 年，三十二岁的她骑着自行车从爱尔兰出发（她给这辆车起了个昵称叫"罗兹"）。因为只有两个轮子，墨菲只带了一些必需品——一张地图、一个指南针、一把口径 0.25 英寸的自动手枪、各种实用衣物、一顶羊毛盔式帽、一双毛皮长手套、一块肥皂和一把小刀——就穿越了欧洲。她的医疗用品包括一百片阿司匹林、"防晒霜"（六管）、"百乐君"药片（一种抗疟疾的特效药）和"一盎司高锰酸钾"（以防被蛇咬伤）。至于阅读的书，她

1　德弗拉·墨菲（Dervla Murphy, 1931— ），爱尔兰旅行作家，曾骑自行车环游世界。

带了威廉·布莱克的一本诗集和尼赫鲁[1]写的印度史。

墨菲穿过法国和意大利，到达前南斯拉夫地区、保加利亚、伊朗和阿富汗，并越过喜马拉雅山到达巴基斯坦。她经常依靠陌生人的热情好客，有些人很富裕，有些人则非常贫穷，她用自己的劳动回报他们的好意。也有障碍——被一把来复枪的枪托打得肋骨骨折，饮食不佳，以及差点遭受性侵犯。墨菲对这次旅行的记述《全速行驶：从爱尔兰骑行到印度》出版于1965年，面向一个无法理解她的动机的爱尔兰，想要责备她的爱尔兰。20世纪60年代，她的祖国认为，不应该允许女性进行探险。家庭或花园的四墙之内是大多数妇女生活的主要区域。墨菲说，她的旅行不是冒险，而是"逃避主义"，它有很明确的双重意义。当她骑着自行车出发的时候，她正在向一个把独行、好奇的女人视为危险的国家道别。

墨菲后来有了一个女儿，她也带着女儿蕾切尔上路了。在巴基斯坦的巴尔蒂斯坦，她买了一匹退役的马球小马来托载孩子和她们的用品，包括面粉袋，因为当地村民缺乏冬季食物。三年后，蕾切尔九岁了，她骑着骡子和母亲在秘鲁完成了她人生中最初的六百英里的旅程。墨菲说，因为她有一个孩子，人们对她更好，而且女儿的存在是谈话和联系的开场白。想象一下有一位如此无所畏惧的

1　指贾瓦哈拉尔·尼赫鲁（Jawaharlal Nehru, 1889—1964），印度开国总理。

母亲是什么感觉？她用行动和事实表明，女性可以做任何事情，表明独立和孤独值得珍视。

爱尔兰有一种古老的传统职业，叫"seanachaí"，也就是在公共场合讲故事以吸引人群的说书人。几个世纪以来，他们挨家挨户地走动，讲故事逗乐，以换取食物或饮料。同样精通这门技艺的妇女则在壁炉旁和厨房里讲述她们的故事。她们通常不能离开家门，不能冒险进入夜晚，而且被明确禁止出去串门。最重要的说书人擅长复杂的故事（如英雄故事和长篇奇闻故事），通常主要是男性。他们讲的许多故事来自历史，以这片土地上的古老传说或故事为特色。女性讲述的故事中也有流浪者的身影，但她们自己却遭到劝阻，不许离家遥远地流浪。女人有她们自己复杂的故事，忠实于记忆，一遍一遍地脱稿讲述。炉边，披着披肩，她们把故事讲给其他女人、孩子。像佩格·塞耶斯[1]和巴布·费尔迪尔[2]这样的名字出现了，但在传统社群中——在讲故事是一种主要娱乐方式的地方——男性仍然占据中心地位。我在编辑两本全由女性作家创作的短篇小说选集时了解到，人们对女性写作的内容有一种假设。即：因为是女性，作家的注意力将集中在与女性相关

---

1 佩格·塞耶斯（Peig Sayers, 1873—1958），爱尔兰作家、说书人。

2 巴布·费尔迪尔（Bab Feirtéar, 1916—2005），爱尔兰著名说书人。

的主题上。即使她们写的是爱情、关系、家庭或死亡，她们的故事也被认为是次要的，写了一堆家务事。写作同一题材的男人则自然被认为是伟大的美国／爱尔兰／英国小说策划者。他们是人类状况的旗手，没有人敢对他们的作品说出"小家子气"这个词。我们不都会坠入爱河吗？不都有家人吗？不是一样会死？会做爱？为什么会因为讲述者是谁而获得不同程度的尊重呢？

冒险家的身体是一个图腾。在锡版摄影照片中，憔悴的面孔凝视着镜头。眼神不会透露跨越的距离，但泥泞的靴子安置了起泡的脚跟，一层层衣料掩盖了营养不良和坏血病。配备一支枪、一个指南针或望远镜。我们越接近现代，就越难猜测一位冒险家的健康状况、性别或忍受的艰辛。如今，消瘦憔悴的形体已经被平整光滑的肌肉和涂抹的白色防晒霜所取代。卡其色和棕色的 DIY 套装让位于艳丽的霓虹，服装变成了巴塔哥尼亚风格。现如今的照片中，最突出的一点是其中有更多的女性。

向地平线出发意味着朝那条闪烁着微光的线前进。每次我到达一个新地点便放下行囊立即开始行走。作为一个外来者有一种魔力，因为路过的本地人不知道你从外地来。融入每一个街区，在每一个街角转弯。你可以选择：使用网络地图或购买一张地图。或者都不用。只是去外面，左转或右转，在鸣笛的汽车中穿过十字路口；就在小镇上的那条首尾相接的路上转悠，或者拐个方向转到郊外去，去海边或田野里，去腹地。寻找边界。陌生的地方有一种自然的吸引力，促使你去边缘地带。如果不走完一个地方，我浑身都不自在。长途跋涉会使人筋疲力尽、迷失方向，但我一旦开始游荡就会适应那个地方。我渴望购物，为了听听当地的方言和口音而去买咖啡或口香糖，去感受陌生的货币。

伴随冒险而来的是期待，一种面对前方未知的路程时必要的盲目。毫无计划的旅行，诱惑力在于它的神秘。在发现陌生人和道路的同时，每一个旅行者也等待被发现。离开需要实实在在把自己从前的一部分留下。也许这些残留物——身体上的或情感上的——太痛苦或太珍贵，我们无法随身携带，必须舍弃。把熟悉的东西留在身后，可以是照亮回家路的灯塔，窗前的蜡烛。旅途中的每一个足迹都将旅行者从一种生活中带到另一种生活中，而且留在身后的那部分记忆，或许也支撑着即使是最疲倦的游牧人。留在原地的那部分我们不受约束，可能会改变。当然，人们总是可以选择重拾它，但是新的道路和红色的山丘可能已经开始把它从框架中推了出去。可能会感受到它的吸引，至少在脑海中如此，而它事实上已经被某些更新鲜的事物取代了。

　　在多尼戈尔[1]最北部的马林镇，我独自度过了截然不同的两天。其中一天，各个角度都是明亮的青色，小村庄的绿意沐浴在灼热的光线中，这光线几乎把草都烧焦了。在五指湾，一片苍白的沙脊上竖立着警告标志，提醒人们这里水流湍急、禁止游泳，还有更多沙丘崩塌的警告牌。自然界中的危险从来都是显著的，即使在非常美丽的地方也是如此。三百六十度催人泪下的光亮。——二十四小时后，雨点如矛似火地落在街道上。我出发前往马林黑德，这是一个在航运新闻和海洋地区天气预报中常见到的著名气象站所在地，也是爱尔兰岛上的最北端。有一个港口环绕着小镇，那里的海浪高达四米，就像滑板公园的碗状运动区。风很大，演奏出刺耳的号叫，但大部分的噪声来自彼此相撞的渔船，船舷与海港毗连。我花了一些时间才找到气象站，最后因为它那引人注意的桅杆而定位到它。我本来期待它是一座庄严而偏僻的迷你堡垒，但它微小而没有气势。我的想象编造出比这更神秘的东西，而不是在一个安静的、被海水破坏的小镇上的一座谦逊的市政建筑。那里有一个古旧的海岸警卫队办公室，是很久以前

1　多尼戈尔（Donegal）是爱尔兰西北部的一个郡。

许多无线电对话的终点，人们从那里呼叫大西洋上迷航的船只。莫尔斯电码救援的地方。

我是个矛盾的旅行者。旅行的诱惑、距离，以及有陌生景色的可能驱使着我，但常常也为现实或旅程的短暂而失望。自从我成为人母后，情况也发生了变化。我总是渴望立刻飞回家。如果我离开几天，就会非常想念我的孩子们。购买的每一张票都是回程票。跳上船。偷偷乘船离开。正如马克·埃策尔[1]曾经唱的：在高速公路上，有一百万条路，如果你想消失。而我们都在某些时候，寻求混乱或平静，逃避别人所有的要求，用技术使自己解脱、躲避悲伤。有可能迷失；有可能无法被找到，有可能不用系上别的东西就能飞升起来，就像莉莲·布兰德乘滑翔机在卡恩莫尼山上投下阴影；像德弗拉·墨菲在喜马拉雅山脉上无拘无束地飞驰；像柏瑞尔·马卡姆瞥见新斯科舍省海岸的第一眼。冒险发生在不可预测的领域：每个十字路口的一场暴风雪，每张地图上的一个盲点。但是我们让自己朝它走去，俯身向地平线，迎接它给予和隐藏的一切。

1　　马克·埃策尔（Mark Eitzel, 1959— ），美国音乐家、歌手。

Twelve Stories of Bodily Autonomy
(for the twelve women a day who leave)

关于身体主权的十二个故事

（献给那十二个在某天离开的女人）

在今天的爱尔兰谈论身体却回避堕胎是不可能的。如果你是一个女人，并且要书写身体以及它可能遭遇和忍受的一切，就更难避免这件事。一具身体／一个人生命的经历是一条存在的弧线；是仅影响一个个体的一组孤立的情境。在 2018 年的一次公投之前，爱尔兰没有将个人视为独特的存在。立法依据的是一刀切的法律，对所有妇女实行同样的法律限制。2019 年 1 月全民投票结果生效之前，爱尔兰的任何妇女都不能通过医学方法终止妊娠，除非符合一套非常具体和严格的标准。而即便在这种情况下，堕胎的请求仍然多数可能被拒绝。由另一些人（并非处于意外怀孕或危险的妊娠中的人）来决定什么是最好的。如果你不是一个爱尔兰女人，则需要了解一些背景，因为这些情况并不是凭空产生的，有一大堆控制和约束。

　　1983 年举行过一次关于堕胎问题的公民投票，其影响延伸到随后关于这个问题的所有投票和辩论中。人们投票决定增加一项条款——宪法的第八修正案，赋予孕妇和她未出生的胎儿以平等的生命权，不管那是一周大的胚胎，还是接近二十三周存活门槛的胎儿 [1]——这个阶段的孕妇和胎儿在生理上和法律上都形成了脐带式的关系。想想那些怀孕早期的日子，在胚胎还是一团聚集的细胞，尚且不是婴儿的阶段。这项法律影响了许多女孩和妇女的人生。1980 年以来，超过十五万名妇女离开爱尔兰去终止妊娠。身体和子宫之间的界线变得模糊，子宫是器皿中的一个器皿。肉身是我们呈现给世界的、骨骼和皮肤的可见集合，如果它其中的子宫内包括了一场计划外的或不想要的妊娠，那它就不完全属于它的主人。有各种各样的人随时准备好排起队来提醒一个女人这件事。

2017 年 7 月，成百上千的人在都柏林的一条街道上游行。令人惊讶的是，其中大多是老头和老太太，他们因愤怒而面目凶恶地注视着路旁支持生育自主选择权的抗议人群。一位老人冲着靠近路缘的女人们大喊："杀人犯！"这次游行由庞大的反堕胎团体组织，宣传语是"为生命集会"。他们抓着海报声称"两个都爱"——母亲和胎儿——这是一群恐惧的人，但他们的恐惧并非因为认

1　在医疗技术尚不发达的时代，小于二十三周的胎儿夭折的可能性极大，而在此之后胎儿的存活率会大大增加，因此一般将这个时间视为一个重要的门槛。另一方面，在一些西方国家，已怀孕二十三周左右的孕妇将不再被允许终止妊娠。

识到"未出生的人"（the unborn）的死亡。使用确定性的"未出生的人"这个总称很重要。反生育选择权运动一直把"胎儿"等同于"婴孩"，但他们富于政治意味地使用"未出生"一词的模糊性，这是一种包罗万象的说法，不能捕捉每一次怀孕的复杂细节。

在圣母马利亚（人性的守护神，而不是贞洁和处女的守护神）和瓜达卢佩圣母（未出生者的守护神）的横幅中，他们隆隆地沿街而下，展示过去的集体遗迹。他们的年龄并不是问题——很多他们的同龄人都支持生育自主选择权——但他们是时间胶囊，代表了 20 世纪 50 年代对妇女生命的态度。尽管他们对信仰虔诚，却出人意料地缺乏对孕妇的同情。最神圣的信徒们认为，举着图画海报或者诅咒女人们下地狱都没有什么不妥。这群人愤怒地展现了几十年来反对避孕的心态，导致成千上万的危机妊娠。这些妊娠对数代年轻妇女来说都曾是共同的重担，她们背负着"非法的"婴儿，终身蒙羞，被强制送到抹大拉洗衣房和母婴之家[1]。在这些不是监狱的监狱中，母亲和孩子都被商品化了。爱尔兰的新生儿是流通货；从迷茫的年轻母亲那里强行带走并收养或出售。这些妇女是修女和私立疗养院的额外收入来源，他们为了利益而让她们累死累活地工作。快进来，姑娘们！这是你们的工作服，交出你

---

[1]　母婴之家（mother-and-baby homes）是爱尔兰教会组织的机构，为未婚孕妇提供分娩服务以及收养新生儿的庇护所。

们的孩子!

几年前,我参加了一个文学节,阅读了我的一些小说和非虚构作品,两者中都提到了堕胎。之后的问答环节中,小组里的另一位作家——一位聪明、偶尔风趣的纽约人——说我是一位政治作家。我是吗?我从来不知道这一点,而且由于我很惊讶,这位作家以为我被冒犯了(我没有)。她问我是否抗拒这种说法(我真的不),是否否认我写作中的解剖学主题与身体政治相联系。它们当然有联系。无论你书写女性身体的哪个方面、如何书写女性身体——从生育到性,从疾病到母职——都是政治化的。将女人简化为肉体:这样更容易轻视她们,更容易为她们做决定,统治她们,用法律约束她们。但情况正在改变。人群扩大了;声音更大了。朋友们会公开讲述她们堕胎的故事,以展示现实和这个决定对她们生活的影响。

2018年5月8日,离堕胎公投还有十七天,我站在一个陌生人的大门外面。里面有一只狗正在连续吠叫。我深深吸了一口气,等待着毛玻璃后面有人影出现。我在为那个月晚些时候的公民投票拉票。爱尔兰选民将投票决定,是否废除我们宪法中的第40.3.3条,也就是所谓的第八修正案。和我这晚拜访的许多户人家一样,住客站在门口,告诉我他们会投赞成票,唯一强硬的拒绝来自一名年轻女子，她说堕胎是谋杀。

"即使母亲有生命危险？"我问道。

"上帝是善良的。他会决定。"她回答。

我感谢她抽出时间，然后继续去别家拉票。这个"不"令人沮丧，而且因为来自一位女性就更是如此。我那些晚上的游说走访算下来，大多数人会投赞成票，但谁也不想对 5 月 25 日的选举结果提前乐观。

1992 年，一个十四岁的都柏林女孩怀孕的故事被新闻炒得沸沸扬扬。这种情况——一个孩子怀着孩子——足够令人恐惧和困惑，更不用说这是强奸的结果。她家人认识的一个四十多岁的男人对这个女孩进行了多年的性虐待。我常常想到这个女孩。试着想象她的样子：长发还是短发？她有宠物吗？是否喜欢音乐？她脸上有一点雀斑吗？她无疑还是个孩子，但她的年龄并不能保护她。面对难以言喻的处境，她和父母决定终止妊娠——但这是在爱尔兰：天主教的、传统的、保守的爱尔兰。强奸案报告给了警方，在确认亲子鉴定结果后，她的家人告诉警方，女孩想去英国堕胎。他们离开时，警方联络了司法部部长，后者根据第八修正案发布了一项禁令。这名女孩的法律团队代表她向最高法院提出上诉，而在伦敦，这名少女告诉她的母亲她想自杀。法院最终取消了禁令，允许堕胎继续进行，但前几周的压力和创伤对女孩来说太大了，她流产了。

　　同年晚些时候举行了一次全民投票，提议再对宪法做三项修订。当时我刚满十八岁，那是我第一次有机会在任何形式的民主进程中投票。这段经历是三维立体式的，我在脑海中重演了一遍，当时有法院和市政建筑，法官用的小锤和投票箱，在一个白框里画上黑色的勾。人们举着画有死胎图像的标语牌大喊大叫。每周六，他们在市中心收集签名，两边贴着同样的标语牌，上面画着类似侏儒海马的东西，生命的碎片。这些图像正如其本来的意义一般，壮观而险恶：一团没有形状的肉上画着墨色的眼睛。但是这个十四岁的女孩呢？比胎儿年长不过十五岁。我只想到了她：她的恐惧，她的处境之恐怖，她的意见被消音。同时被当作一个有性行为的成年人和一个孩子，任由司法机构摆布，是什么滋味。一个系统如何残暴对待和背叛其最年轻的公民。而这就是这个女孩和她携带的细胞组织的区别。人的身份。公民身份。

　　爱尔兰轻视它的女童。这个国家可以并且确实反对一个家庭／一名妇女／一个女孩所认为的最符合她们利益的事情。一个已出生的女孩拥有的权利还不及一个未出生的胚胎。在这种持续存在的父权制中，即使在这些情况下，人们相信，怀孕的女孩和女人们在某种程度上是这些结果的共谋。一切都是她们自找的。人们只同情那些不能在女人身体之外生存的东西。

时值 2018 年 5 月，距离公投还有一周。每个人都心事重重，疲惫不堪。整个都柏林感觉脆弱而紧张。我是朗福德郡[1] 一个文学小组的主席，而这个小镇上到处都是支持投反对票的海报。我看到的仅有的两张支持投赞成票的海报已经被污损了。任何清醒的思想都想着公投这件事。我认识的每个女人都夜不能寐。有些人坦言曾难以自持地阵阵哭泣。一位亲戚承认他们会投反对票，这让我感觉像是一种背叛。我们打了一通很长的电话，结束时，他们说他们改变主意了。一个作家朋友无意中听到一群二十岁左右的男人在火车上聊天。其中一个满嘴跑火车，他说他不想"给她们那样的权利"，影射女人太傲慢了，她们为了控制自己的身体，提的要求太多。但也有其他男人：善良、富有同情心的男人。他们游说、拉票和发传单，站在我们这边，认识到什么正生死攸关。我们都希望赶紧到 5 月 26 号，投票箱赶快清点完毕，希望那时爱尔兰最终承认法律需要修改。

2012 年，三十一岁的萨维塔·哈拉帕纳瓦在戈尔韦死于感染性流产的并发症。故事本身的悲惨细节——她的年轻，她的迅速衰亡——震惊了所有人。当她恳求终止妊娠以保住性命时，一位助产士告诉她这是不可能的，因为"这是一个天主教国家"。她的死十分残忍，也是可

1　朗福德郡（County Longford）位于爱尔兰中部。

以预防的。这也是一个转折点，改变了许多过去不考虑支持妊娠自主选择权的人的想法。它引发了抗议活动，激励数千人推动宪法改革。2018 年，萨维塔的名字挂在每个人的嘴边。她的父母力劝全国公民投赞成票。

随着公投临近，其他医疗方面的故事开始浮出水面。其中一例是关于在国家子宫筛查计划中做常规宫颈刮片检查的妇女。据说有两百多名妇女被错误地告知完全健康，却有十七人因此丧命。我们怎么能认为爱尔兰女性的身体终究不带有政治意味呢？公投一周后，爱尔兰总统迈克尔·D. 希金斯邀请一整辆巴士的妇女前往总统官邸（他的住处）。这些妇女是抹大拉洗衣房的幸存者。她们被国家和宗教团体监禁，被迫无偿工作，因怀孕、"堕落"或淫乱而受羞辱。压迫爱尔兰妇女的历史是漫长而复杂的，既连接着过去，也连接着现在——这段历史的重量深沉地压在 2018 年的公投上。

2013 年，《孕期生命保障法案》通过的那天晚上，我在爱尔兰众议院内观看了投票过程。该法案允许在怀孕危及妇女生命，包括有自杀风险的情况下堕胎，但规定了终止妊娠的若干严格标准。去伦斯特府[1]的路上，我经过一

---

1   伦斯特府（Leinster House）是爱尔兰国会参众两院所在地。

大群投反对票的抗议者。令人惊讶的是，其中许多人是十几岁的女孩和年轻妇女。她们恰恰是最可能紧张地眯眼看验孕结果、心脏怦怦直跳的女性。如果她们的天主教信仰是狂热和绝对的——婚前禁欲，不避孕——一旦发现自己意外怀孕（不管是什么原因），她们会怎么做？2018年公投结束后，我想起了那些女孩，那些穿着印有"堕胎使鲜活的心跳停止"的T恤、在政府大楼外怒吼的女孩。她们还憎恶终止妊娠的想法吗？即使法律已经改变，她们还会忠于职守地继续完成意外妊娠吗？她们所代表的团体一直辩称，这是一个道德或宗教问题，认为上帝和良好的道德是强行生下一个新的人类的理由。这些人认为，这个问题并不完全与医疗保健相关，而且每当反对自由生育选择权的运动者们谈论怀孕和胚胎时，讨论的重点都指向未出生的胎儿，而不是一位妇女的健康。她的身体是次要的。

历史的争论总是存在。有人说，过去的爱尔兰是一个完全不同的地方，尽管第八修正案在二十五年前才被引入，也就短短这一段时间。在这段时间前后，少女安·拉维特分娩时死在了一个洞穴里；艾琳·弗林因未婚先孕被解除了教职；还有凯里婴儿（Kerry Babies）案，该案件指控乔安妮·海斯谋杀了她腹中的死胎（部分原因是她也未婚）。为了巩固妇女的这种恐惧，为了坚决地控制她们，我们的宪法仍然保留了一则条款，即第41.2.1

条，它规定了妇女在家庭中的地位。（"国家承认妇女在家庭中的生活是对国家的一种支持，没有这种支持，就无法实现共同的利益"，并且"国家应努力确保母亲们不因经济需要而被迫从事劳动，进而忽视她们在家庭中的职责"。有人说要举行全民公投撤销这一条款。）可以把累积下来的法令怪到历史头上，但在缓慢前进的过程中，人们理所当然地认为这一运动将走向进步，走向更民主的结果、更自由的社会观念，这些观念曾经一直推动着妇女生命的事业。爱尔兰已经发生了变化——而且还在变化中——但这并不能消除对妇女已经造成的损害和创伤。

2018年春天，我开车送孩子去学校，他们问我每根路灯杆上都挂着"NO"的海报是什么意思。为什么人们都在谈论谋杀婴儿的事情。我的孩子们——他们还很小，甚至还没有问过婴儿到底是从哪里来的这个问题——不应该看到这些令人不安的画面。我在这场谈话的冷酷和不想屈就之间左右为难。我解释了海报上的谎言，告诉他们这对女人来说是多么的悲哀和复杂。我解释说这是关于选择、健康以及不替别人做决定的一次投票。我女儿做了一块牌子挂在我们的前窗上：如果你投反对票，就走开！在当地一个家庭日上，我儿子在公园里遇到一个散发"No"徽章的人，他告诉那个人应该投赞成票。我的孩子们，他们曾经也是屏幕上的胚胎图像，现在已是满脑子意见和问题。虽然这一切都很复杂，但他们在倾听，并且能够理解。

以堕胎为名提起的诉讼案件很多。X、C、D，还有D、A、B、Y、NP。我们把女人变成了字母。这样做是为了保护隐私，特别是因为有些人是未成年人，但这也是一种抹除行为。按字母顺序排列这些妇女，她们也因此被隐去姓名。如果这些妇女的生命可以仅仅用一个字母来代表，那么对于那些反对她们愿望的人来说，否定她们的存在会更容易。X、C 和 D 小姐都是未成年人——都是强奸案件的受害者——这些案件都是不公开审理的。D 是一名身怀致命畸形胎儿的女性。Y 女士是在其本国遭到强奸、寻求政治庇护的移民。当她被禁止堕胎，并被告知怀孕已至晚期时，她进行了绝食抗议。她在胎儿二十五周时被迫接受剖宫产。这名女子后来因非法入侵、失职、施暴和殴打而遭到起诉，她被当作一个孵化器对待。NP 是一位有年幼子女的怀孕母亲，她承受了严重的神经损伤，靠机器维持生命，这违背了她家人的意愿。医院担心违反宪法而别无选择，只能用人工手段让她活着，直到胎儿娩出。她的父母和伴侣不同意，新闻报道了这件事，以及她令人毛骨悚然和悲伤的身体状况细节。那些不同意或不能赞同自身处境的女性被认为是丑陋生长的豆荚。一个基列式的《使女的故事》，爱尔兰妇女似乎难以从中觉醒。在爱尔兰谈论身体，书写身体，就是在对抗这种对身体自主权利的偷窃。就是去检查谁控制它或对它拥有权利，以及为什么没有影响男性的类似立法。

我第一次拉票游说的两天后，去都柏林一家大医院的肿瘤专科做了一次定期检查，以确保白血病没有复发。我坐在我的顾问面前，问他是否记得在我治疗过程中发生的一次节育事故。我当时服用的主要药物除了具有拯救生命的能力外，还可能对胎儿造成严重伤害。我的顾问，一个善良、聪明的人，有着我遇到的许多医生所缺乏的那种热情，当时关切地倾听我的意见，并为我的困境开了一片紧急避孕药。那天我问他，是否还记得他对我说的话，当时我在病中，非常害怕，我问如果药丸不起作用，而我发现自己怀孕了会怎么办。十五年后，他一字不差地记得自己的原话："那么我们要谈一谈。"我想知道这是因为我的病例太复杂了，还是因为他和他的太多女病人进行过这种"交谈"？

我知道当时的法律是不可能驾驭的。对于癌症患者来说，康复——而不是怀孕——才是首要的。他完全被法律的现实束缚住了手脚，尽管我们都知道，对我的健康来说，直接去死比怀孕还稍微好一点。我不喜欢花太久去想"如果"。去考虑当时我的身体是否好到可以去伦敦或利物浦。或者如果法律禁止我旅行并认定，即便这件事会对我产生致命的影响，我还是应当停止治疗来保护妊娠，情况又会怎样。

生殖健康涉及自主权、代理权、选择和被倾听的权利。它也与金钱、阶级、机会和特权有关。对于女性来说，爱尔兰的历史，就是我们身体的历史。未来的目标是平等、尊重、生育控制和平等报酬，这是最基本也最不讨人喜欢的。变革来之不易。这项运动缘于站出来发表意见、抗议、游行、游说，并将自己的立场摆出来的妇女们。她们将自己的故事从私人空间转移到公众的聚光灯下。投票日那天，当我和我的孩子们一起走路去投票时，我想起所有这些妇女。天气炎热，太阳仁爱，我尽量不设想结局会是可悲的谬误。我在外面给投票站指示牌旁的女儿拍了张照片，她的身体已经显示出变化的痕迹。我想记录下这一刻，希望这是她无法掌控生育权利的最后一天。阳光照耀在她的头发上，我看到她生活的各个方面将会变得不同。她牵着我的手，我们走进大厅凉爽的空气里，去改变未来。

Second Mother

第二个妈妈

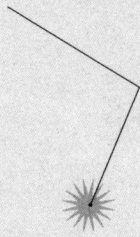

他们说事情是从晕厥开始的。像一棵被砍伐的树倒在旷野中。好几次了，就在她家附近的一片商店外。当地人都认识她，所以只要事情发生，他们就跑到我哥哥家用力敲他的门。

"她摔了一跤。"

而她就在那儿，四英尺十一英寸的身长，趴在地上。我们在她的便携购物车里发现几包饼干，前一天的晚餐还在盘子里，我们等救护车时蔬菜都凝成了一团。

幸好这事发生在公众场合。如果她在家，可能发生在洗澡的时候或者在爬楼梯时。瘫倒在她单人床边的地板上，没人发现。但实际上一点也不幸运。她做了所有该做的事情：一直工作到退休，如饥似渴地翻阅书籍，睡前在床头灯下眯着眼睛做字谜游戏。她陷入了数据的圈套。被领了进去，乖乖地坐着，不明白发生了什么事。一部分的她时不时还能分辨时间，或者从我们带来的报纸上认出一张著名的面孔，却与记忆隔离了。她眼睛和大脑之间的神经通路现在被杂草阻塞了。

晕厥不是事情的开始。我们知道这点。在她的大脑中有一种不同的黑暗，其最初的表现是循环往复的谈话，问基本的社交问题。足够礼貌就行。几个星期以来，她坐在我们的厨房餐桌旁吃晚饭时，我看到她从我们身边游离开去。这个过去的她的木纹复制品。当她问"你今天去学校了吗"，我的孩子们总是很有耐心，有时半个小时要问六次。有时是在星期六。

特里是独一无二的姑妈。这是我的其他女性长辈常说的，说的时候也不怀怨恨。她们都认识到她身上的善良。每当我告诉人们关于她的事情时，我经常说她是我的第二个妈妈。她也是我的教母。我的中间名是她的名字，我也把这个名字给了我的女儿，作为她的中间名。

特里做了所有你应该和崇拜你的孩子一起做的事情——烘焙，烹饪，绘画，手工。她用细微的、精心挑选的衣服和配饰来纵容我各种任性的穿搭阶段。我最早读的书都是她送给我的：仿皮精装本和简写版的经典作品。后来我们一起去二手商店翻找阿加莎·克里斯蒂和恩加欧·马什[1]的作品。我不是随便说说，她就是我成为一个

---

[1]　恩加欧·马什（Ngaio Marsh，1895—1982），新西兰侦探小说作家。

读者和作家的原因。她不断温柔地把那些文字推向我，这是我无法偿还的债务。

她的娇小与众不同。袖珍，但勇猛。她穿爽健鞋（三号），戴薄纱巾。晚上外出玩耍时，她喜欢穿裹身裙配高跟鞋，使她的身高超过五英尺。涂亮晶晶的粉色口红，在她的雀斑上撒一点高光粉。她喝的酒总是白葡萄酒，或是伏特加掺七喜。也可以说曾经如此。时态有冲突，我总是尽量不用过去时谈论她。衣服都打包起来了。她现在穿抓绒衫和拖鞋。她的头发比以往任何时候都长。蓝色的眼睛被岁月木然的光泽所遮蔽。

当她第四次、第五次，也许是第六次摔倒在街上时，一辆救护车把她送到了医院。不久，爱尔兰的医疗系统需要她腾床位给别人，她被转移到一座狄更斯风格建筑中的老年痴呆症病房里。我在患者白板上看到了一位杰出诗人的名字，但从未见过他。人们消失在这里，消融进自己体内，消失在有护壁栏杆的病房和昏暗的角落里。

我姑妈对面住着一个女人，她总是抑扬顿挫地大声急促喊叫。姑妈悄悄贴近我，嘘声说："别跟她说话！她会把你的事情告诉所有人！"另一个病人随时拎着一个洋娃娃，抚摸它的头发，而她的丈夫坐在她的床边。这些妇女，她们有自己的孩子，曾经的生活和成就已成过去，再也不认识自己现在的样子了。

比起死亡，我更害怕头脑昏聩。我宁可遭遇鲨鱼袭击、从高处坠落、被刺伤，也不愿让我的思想被劫持，由云彩取代。我宁可接受另一轮癌症的侵袭也不愿罹患无法治疗的老年痴呆症。化疗的毒素淤泥在静脉中沉积。我宁可这样，也不愿让我的家人眼睁睁地看着我的个性、我的记忆和我的自我漂走——沉入无法触及的海底。锚泊在黑暗中，承受所有水的重量。记忆被戳破了，慢慢瘪下去。你去哪儿了？

在这一切之前，在疾病把她从我们身边偷走之前，她忙碌了几十年。20 世纪 50 年代，有一些专为克拉姆林[1]的青少年工薪阶层设立的工厂，它们向特里这样十四岁就离开学校的女孩们敞开了大门。化妆品制造商和糖果制造商；服装公司里，一排排年轻姑娘弓身在缝纫机前工作。特里在这些地方都干过。她的父亲和其他爱尔兰移民一起乘船去了霍利黑德[2]，一去就是好多年。她二十岁出头的时候，她的母亲去世了，那时我父亲才十一岁。作为家中唯一的女孩，主要照料者的责任落在了她的肩上。尽管她有一份全职工作要做，还有自己的人生要过。

一代又一代的妇女，即使从未生育过，却由于她们的

1　克拉姆林（Crumlin）是北爱尔兰的一个城镇。

2　霍利黑德（Holyhead）是英国威尔士的一个城市，毗邻爱尔兰海海港，与爱尔兰有许多交通往来。

性别偶然成了女家长。一项母职被强加在特里身上——照顾年幼的兄弟和年长的亲人。因为她是一个女人，因此被视为事实上提供照顾的人：洗床单的人、换被褥的人。与地方当局争论医疗补助问题，又一个质问官僚作风的人；载人去医院看病的司机。对这些女人来说，肯定有什么东西要割让。生活必须削减，但放弃什么呢？爱情、艺术，还是独立？

而且，女性比男性更有可能在老年时失忆。据我咨询的一位医生说，大多数人交替使用"老年痴呆症"和"阿尔茨海默病"这两个词，但阿尔茨海默病只占所有痴呆症病例的 50% 至 75%。"不会少于 25% 这个数了。"他说。——这是一种很难诊断的疾病。

存在一些理论，但没有明确的理由说明为什么女性更受影响。斯坦福大学的研究人员认为，女性携带的一种 ApoE4 基因[1] 会增加患此病的风险，因为它会与雌激素相互作用。这是荷尔蒙的一个既成事实。另一个基本的因素是年龄和寿命。女性比男性活得更长，会被阿尔茨海默病赶上。

一名护士告诉我，还有一种社会性别的影响。女性如此经常地默认担当照顾者角色，更有可能在家照顾自己的亲人，直到无法应付为止。而男性，尤其是现在的老年

1　与阿尔茨海默病关系最密切的一种基因。

一代，不是作为照顾者或厨师来培养的。他们不知道如何照顾他们的妻子，所以一旦病情发展，他们就把妻子送到疗养院。

我们怎么知道病情什么时候开始？如何区分老年痴呆症和爬上梯子取东西时忘记自己要取什么？一旦忘记一张著名的面孔（话说，他叫啥来着？），我们是否就宣布是阿尔茨海默病发作了？这是一个模糊的边界，但我们的神经元会在某些时候奋力重新组合。大脑皮层和海马体[1]发生了不可挽回的变化。失忆时，已经存在死亡。细胞死亡，每一次死亡都在剥除过去的某一部分。细胞曾经所在的皮层萎缩了。两者之间的空隙扩大了。大脑之海中的一些岛屿。一座从前的自我的群岛。

特里从未结婚，在我有生之年也从未见她有过伴侣。我想她对这种情况很满意，但我不能确定。她不同于社会所讽刺的她这类女性的典型形象。未婚大妈，老处女，过着《罗莉·维露丝》[2]中描写的生活。朋友就是她的社会命脉，他们一起去诺克神殿朝圣，这是当地教会组织的活

---

1 海马体位于大脑丘脑和内侧颞叶之间，负责长时记忆的存储转换和定向等功能。

2 《罗莉·维露丝》（*Lolly Willowes*）是英国作家西尔维娅·汤森·沃纳（Sylvia Townsend Warner，1893—1978）的小说，讲述一名上了年纪的老姑娘努力摆脱家庭掌控的故事。

动。圣水瓶装满伏特加，在回家的长途大巴上咯咯笑着。
她在一家大型酒水公司工作，家里总是摆着酒，尽管她很
晚才皈依酒精。我快二十岁的那些年经常去看望她，有时
我们会在炉火旁啜饮葡萄酒，有时是在夏天的花园里。我
试着穿越回她的生活中，试试我能问出什么。曾有一些男
人尝试着与她约会，但"他们总是让我恼火"，她笑道。
我们之间的亲密关系很舒适，没有任何评判，我在我们交
谈时发现，她从来没有与任何人发生过肉体关系。我们没
有谈到她是否后悔，但我独自消化了它。当我想到这里，
即使是现在，我仍感觉像被她的孤独推了一把。

　　她还是有一小群亲密的朋友，而且总是被家人围绕
着。不管与谁为伴，她孜孜以求地做自己。幽默，聪明，
风趣。她坚强而自给自足，不求任何人。阶层或当时普遍
遵守的天主教可能指示她不要要求太多。我偶尔也会听到
她装出一副优雅的嗓音，通常用来表示对真正的优雅人士
的尊重。

　　还有她的笑声，一种曾经时常出现的高兴的尖叫声，
但现在很少见了。对一个笑话发笑意味着你听懂了。有那
么一个领悟的瞬间：我明白你的意思。她在老年痴呆症病
房待了一段时间后回到家里，用电视取代了书本。一天下
午，电视里播放着钓鱼的节目，我问起她和她最好的朋友

去里米尼[1]旅行的事。她们被晒伤了，她们啜饮柠檬甜酒时，男人们和她们搭讪。当她讲这个故事时，我想象着她像赫本一样，戴着墨镜、头巾，沿着悬崖公路行驶。我真希望那时就认识她，认识年轻时的她；家里有这么多的责任，但在意大利海岸的那几天可以免于承担。

每周我们都请她吃晚饭，慢慢地，她的话就少了。词汇变成了一种陌生的工具，仿佛她正拿着的是扳手。以前总是有一些简单的谈话和讨论，但现在这些话都成了废料，她够不着，很难抓住。把它们排列在一起是如此费力，以至于她可以坐着吃完意大利面和沙拉，有时甚至直到吃完甜点还能够完全沉默不语。她的朋友，除了一两个人之外，开始被抛诸脑后。她拒绝旅行或参加家庭活动。她不再去做弥撒，后来又错过了一个亲密邻居的葬礼。她认识的那个自己一点一点地离她远去，她开始抛弃自己的生活。我想起《罗莉·维露丝》中的一句话："当一个人逐渐老去，最好是剥去他自己的属性，像一棵树那样蜕皮，在死之前几乎全变成尘土。"

害怕崩解的感觉是与生俱来的。当我们走下路缘时，可能没注意到开来的汽车，或者感觉不到子弹最初咬入皮肤的痛，但我们知道已经有什么事情发生了。我们知道会

1　里米尼（Rimini）是意大利北部城市。

流血。但特别残忍的是阿尔茨海默病的隐秘性。在大多数死亡中——即使是在拖得很久的、喉咙发响、需要吗啡迷倒的死亡中——我们保持着自我。用了药物，插上管子，但我们还是我们自己。阿尔茨海默病改变的只是内部。身体变得更像一座水族馆而不是监狱。来访者，你爱的人，往里面看，看着你的身体被劫掠后的思想。而你，向外望去，你看到的整个世界就像被水和那层厚厚的、不可渗透的膜扭曲了一样。现在的你和曾经的你，分别在玻璃的两边。

我们最终绝望地承认，特里显然需要全天候的照顾。我父母在城市里搜寻一家离我们住的地方都近的疗养院。他们找到一个干净舒适的地方，那里的工作人员很友善，还有一座花园。第一天，当她从医院转院过去时，她拒绝进去，在大楼前尖叫，责怪我父亲，这使他非常痛苦。他们为她做了这么多，自己也在变老。他们没办法照顾她。

最初的几个星期里，她独来独往，很少离开她那间与人同住的房间。另一张床上是一个总是睡觉的女人。唯一的声音来自她的气压床垫的充气泵，空气在她柔弱的肢体下延展。墙上有一个相框，里面是我在一个图书颁奖典礼上的照片。一个冬日的傍晚时分，光线快要散尽时，她指着相框，看着我的女儿说："看！那是……"尽管我当时就在她身边，我的名字对她来说还是个谜语。一座坍塌的沙丘，成千上万的沙子从她记忆中的洞里漏了出去。

　　她从小生活的房子建于 20 世纪 30 年代，位于工薪阶层地区，那里的后花园都是长长的长方形。我长大以后，那座花园也长大了，草坪现在被高高的树遮蔽了。我看见她戴着手套，拿着剪枝器，总在播种忙碌，掐掉腐烂的花瓣。黄色的金鱼草和丝绸般的茶香月季。还有她坚持称其为"团结花"的紫色非洲菊，因为它们在日落时会合拢花瓣。夏天，空气中弥漫着粉红和木槿紫的甜豌豆的香味（"木槿紫"这个词让我立刻想起她）。还有一丛一丛的薰衣草，一年只繁茂几个月的时间。一排梅树发芽了，它们密密麻麻的突起像是翘起的肋排，树枝上有两架临时搭好的秋千。我们把自己荡到最高处，抓住油腻的绳子，学着在下落时缩起双腿以蓄势。她最快乐的时光是在这里度过的，用绳子驯服过度生长的金银花，与无休止的醉鱼草搏斗。

　　夏天，我们坐在疗养院的后花园里，她十分秘密地告诉我，墙里有一道暗门。第一次我很好奇，但是我们只发现了一间洗衣房，烘干机的隆隆声，蒸汽和人造草地的气味。我问起花圃里厚厚的花床上的花，但那些名字早已离她远去。每次我们经过时，她都坚持说是我父亲栽种的（他没有）。

　　我现在知道她的把戏了。当她试图掩饰自己记性不好的事实时，她会用到这些方法。她有时会假装耳聋——"什么？"——这样她就有时间来消化一个问题。大多数时候，她耸耸肩，好像满不在乎，但我看到阴影掠过她的脸。她的挣扎。她从不谈论正在发生的这件事，但我知道她知道。在一次特别艰难地尝试讲故事之后，她停下来，用一种吞噬房间里所有空气的迟钝说："有时候……那些词语……我就是找不到它们。"

我们很少向人们询问他们的故事，他们生活中的微小时刻和大大的快乐。他们的遗憾。我们不会问，直到一切都太晚了。直到我们在某人的守灵仪式上用尺寸不对的酒杯喝威士忌。她还在这里，我却不知道怎么问她，你有没有坠入过爱河？现在这个问题太大了，太无礼了，她的大脑连"你想让我把电视的音量关小一点吗"这样的问题都无法处理。

我女儿给特里的门做了一些标志牌。有一块牌子上面说，她是世界上最好的姑妈。它们是所有权的声明——竖立在山顶上的一面旗帜——但它们的主要作用是在这条小小的、笔直的、由褪色的地板铺就的走廊上，使她可以分辨出自己的房间。有很多可选择的活动——艺术、手工和社交活动——但她拒绝参加。她以前画画，在我童年的起居室的墙壁上，我记得有一幅镶有画框的海景画。她退休后，我给她买了新的画笔，大管的油彩颜料和小画布，希望她能重新拾起艺术。我父亲有一次帮她搬家，打包她的用品时，在一个衣柜里发现了它们，原封不动。

她现在看到我的时候，眼中仍会闪出一丝认得我的表情，但每一次都更暗淡了一些。有个周末，我去看望她，发现她正和另一个病人开心地笑着。我们手挽着手走回她的卧室，我问她新朋友的情况。从她的脸上一点也看不出她在逃避。然而，她已经忘记了她们笑的那一刻，也不能告诉我她的名字。这种彻底忘记刚刚发生的事情的情况是才出现的。

这还不是最糟糕的。其他人给我讲了一些故事：照顾父母的朋友们，他们的脸上都带着同样的无可奈何。一个女人总是在公交车站被人找到，因为她要去看望她的兄弟姐妹——他们都住在英国；一个母亲殴打她的成年女儿，只因她认为女儿是她丈夫的新女友；一个从未参加过战争的男人谈论着战壕里的生活。特里的表现是安静的退缩、重复，一种不太对劲的感觉。

到了春天，她的身体开始和她的思想在退化方面平起平坐。她大小便失禁，食欲减退。她满是雀斑的手用危险的角度端一杯茶，茶水在杯中晃来晃去。她的句子变得更加不成形，好比一座词汇的鬼宅。她陪我走到门口，我看着她的驼背，她那倾斜的骨架，松弛的手臂。一位护士也注意到了，后来他们打电话说她有轻度中风，住进了医院。但她醒着，意识正常，还在努力按正确的顺序排列单词。她慈祥的脸上曾经写满了几百个故事，现在只想睡觉。

我们中的一个在船上，另一个在陆地上。这几天她不怎么动，非常安静，一定是在悬崖上往下看。我是行将离去的旅者，在激流中摆荡。房子和花园，她曾经常去的地方，现在很安静，玫瑰花瓣飘落，每年秋天李子仍然聚在枝头。她现在住的地方离她原来的生活有两公里远，几乎以直线就能走到。她八十岁了，在一个安静的房间里，不看新闻，不看床边储物柜上的书，但每当她以为认识的人走进来时，她仍然面带微笑。

四月，又发生了一次小中风，预示着即将发生的事情：更多次的癫痫发作，血压飙升，言语完全消失。她的生活在疗养院和医院之间像弹球一样来回。她开始拒绝进食。我用勺子给她喂酸奶和奶油米饭，她把嘴封成紧紧的一条线。一位临终关怀的护士来了，给她插上吗啡泵，静静地谈论死亡的各个阶段，谈论"活跃的"死亡。它就这么来了。我们现在知道，她将在几天内离开我们。

在她的房间里，工作人员架起了一座迷你祭坛：圣母马利亚的白色雕像、圣水和蜡烛（为了安全起见，用的是电蜡烛）。为了让这一切更世俗化些，我加上了一本书和她花园里的花，是一些虎耳草和非洲雏菊。这个时间的薰衣草还没长成，所以我拿了精油来代替，把精油滴在她的枕头上，和护手霜混合在一起，涂到她那些静脉的脊上。

周末，她的呼吸时而停顿，从她的肺的井里深深抽吸。一个颤抖的声音，接下来的二十五秒内什么都没有。我凝视着她未再隆起的胸脯，注视她脖子上的脉搏，那是皮下一座衰弱的信号塔。护士说她还能听见，所以我给她念了阿加莎·克里斯蒂的《怪钟疑案》。工作人员不时出现，做检查，送茶。她的身高曾经是她自嘲的一件事——她会说"小包裹里有好货"——现在她看上去更小了，消失在被单底下。

死亡有一种特殊的气味。一种终结和陈腐。它类似一座不通风的房子，或者楼梯下面的空间。我从没觉得她的房间这么小过。有那么多的等待。时间是静止的，却在缓慢地流逝，她那逐渐微弱的呼吸标记着时间。到了周日，午夜过后，呼吸声变得很响，是一种放大的鼾声。我不忍观看她和自己的身体搏斗。我爸爸和我坐在假蜡烛旁边。他们为她施用了更多的吗啡来缓解她的痛苦。她脖子上的信号塔慢了下来，她的皮肤开始冷却。那最后一晚离开房间的时候，我吻了她的手。你对我们来说很重要，我告诉她，我们深深地爱着你。

特里死于 5 月 1 日的清晨。这一天也被称为五一节或五朔节[1]，有时也被称为"Lá Buidhe Bealtaine"，即"明黄色的日子"。五一节这天，黄色的花朵庆祝着夏天的开始，因为它们像火焰，人们会把它们摆在门槛和窗台上祈求好运。在特里的灵柩上，我们摆放了黄色的百合花与画笔、书，以及一张用相框裱起来的黑白照片，上面是她和她最好的朋友穿着60年代的迷你裙，戴着太阳镜。那时她的生活中还有那么多的可能性，她的思想无忧无虑，渴望了解这个世界。五朔节处于春分和夏至之间的正中间。在历法中，它是与萨温节[2]相反的节日，它象征黑暗月份的结束和收获；而万圣节则将活人世界和死人世界交叠。老年痴呆症半途丢下了特里，让她在最近的自我和我们一直认识并热爱的那个人之间走了一半。

作家西尔维娅·汤森·沃纳也是在三十九年前的5月1日去世。创作《罗莉·维露丝》的汤森·沃纳为文学贡献了最著名的女性形象之一。一个抹杀了"独自生活的女人"的刻板印象的女人，一个陶醉于她的独立，并在大自然中找到慰藉的女人。一个向我们所有人提出这些问题的人物：是什么构成了一段自主的人生，一段过得不错的人生？特里度过她一生的方式——生机勃勃、真实、完完

1　五朔节（Beltane）是古代凯尔特人的节日，人们用篝火和斋戒仪式表演进行庆祝。

2　萨温节（Samhain）是古代凯尔特人的新年，人们相信死亡之神萨姆海因会在10月31日这天晚上和鬼魂一起重返人间，这也是万圣节的由来。

全全做她自己——深深影响了我和我的兄弟们。我们和她没有血缘关系——那是一个更长、更复杂的故事——但我们觉得她在我们的 DNA 里。她的皮肤是我们的皮肤，我们的心是她的心。

像她死时那样黑暗的日子——充满震惊、失去知觉的日子——并不多见。几年前还有一次，当时我因为肺部血栓住进了医院。我丈夫等了很久后刚离开，真正的坏消息传来时，特里就在那里。一个完全出乎意料的诊断，我患有侵袭性白血病。我们面面相觑，受挫，心慌神乱。那是我唯一一次看到她哭。她最后说："没有你我该怎么办？"这也是我从五月的那个星期一开始就一直在问自己的问题。

终于到了夏天，特里花园里的每一朵花都在阳光下盛开。在本应是她八十岁生日的那天，我们把她的骨灰撒在花园中。灰色落在张开的花瓣上，落在玫瑰的荆棘上，落在自她停止照料草坪以来，扩张领土的雏菊和三叶草上，落在薰衣草那在微风中摇曳的紫色幼芽上。

A Non-Letter to My Daughter
(named for a warrior queen)

并非一封信：写给我的女儿

（她得名于一位战斗女王）

我把它写给你，女儿，

把这些话放在你手中，

来帮你理解

这个世界将会是怎样的

因为你是个女孩。

化学和生物学

在你的细胞里

串通一气。

对某些人来说

你的存在就是一个惩罚的

理由，

你的身体是个警告

一种警戒信号

X，或者说一对 X[1]，如何标记这个原点。

标记你不能做、不能说，或不能成为的

目标。

看，我写给你的，女儿，

我也可以写这个

给我儿子

但就像乔·杰克逊[2]所唱的

对女孩来说不一样。

你的女孩本质，使那种不公平

成为一件持续存在的事——这个世界

当它倾斜和旋转——会把你推开

人们会根据你的外表

你的身材和脸蛋

你占据的空间

以及你是否会掐灭和忍耐一些事情来掂量你

不要觉得人家叫你微笑

你就

1　女性的性染色体为两条 X 染色体。

2　乔·杰克逊（Joe Jackson，1954—），英国歌手、词曲创作人。

必须微笑。

有人会对你说振作起来，宝贝

对你说喂，我在跟你说话

对你说喂，自以为是的婊子。

如果你不想改变就不要改变

但改变是一次跃入光明的飞跃

蛹，虽不一定能化蝶

我意识到别做不是一个

我们应该对女孩说的词。

你的肺是你身上

最后启动工作的器官

当时你出生太早，

但是你唱啊唱啊唱啊。

如果有人鄙视你唱得走调的音符，

那些你对世界唱的歌

再唱大声点。大胆点。

别收起你陶瓷一样的肚皮，

像鸡蛋一样光滑的皮肤，

就像你让我煮的那种鸡蛋，

你只吃蛋黄。

抓紧你的好朋友，

那些聪明的男孩和女孩，

一听到你的名字就会高兴的人，

不要强迫那个女孩喜欢你

当你被排挤时，不要烦恼

抛弃不好的东西

阴阳怪气说话的人，

那些故意回避你的好消息的人，

那些当世界对你微笑时却露出假笑的人，

那些害怕去尝试

你有一天会做的事情的人。

做一个流浪者，游牧者

漫游者，游荡者

在五湖四海航行，

让星辰指引你

爬上树，和鸟儿说话，

无论你走到哪里，都要播撒种子

在每个城市留下足迹

亲吻别人，也得到亲吻。

找到你的姐妹，

其他母亲生的

你的亚马逊人[1]和女巫

只要你愿意

相信神灵和妖怪

在湖泊与河流中

在长条的芦苇荡中游泳

绿色的水

在你的耳朵里哼鸣。

拥抱高处，

爬得更高

悬崖和桥梁并不可怕

你在高山上的呼吸

能承受这一切

种花

在花粉和花瓣中漂泊

永远不要为你不想要或不爱的东西将就

1　亚马逊人（Amazons）是古希腊神话中一个全由女战士组成的民族。

称量世界，

就像称量一袋水

试着猜测你想要的生活的重量。

你像孔雀一样令人神魂颠倒

还有老虎一样的脊背

噢，你那海玻璃一样的眼睛

别害怕，

别胆怯。

它们不是一回事。

不要担心接下来会发生什么。

预设你的四周都是好人

除非确实没有，

若果真如此，你就做那个好人。

Acknowledgements

致 谢

　　一本书非一人之功，我很感激在此书诞生的路上给予我帮助的各位。

　　我很幸运，在斗牛骑士出版社（Picador）拥有不止一位，而是两位编辑：才华横溢的保罗·巴格利，从读到这本书的那一刻起，他就在为它保驾护航；还有基莎妮·维迪亚拉特纳，感谢她犀利的智慧以及她给予这本书的关怀和关注。

　　感谢我的经纪人彼得·斯特劳斯，他看了三篇文章就选择了我，并一直坚定不移地支持我。

　　感谢科马克·金塞拉——不是每个人都能让好朋友为自己做营销。

　　感谢发表我文章的编辑们：《冬季报》的梅丽莎·哈里森、凯文·巴里和奥利维娅·史密斯，《女妖》杂志的克莱尔·亨尼西、埃米尔·瑞安和劳拉·简·卡西迪，《金雀花》杂志的苏珊·托马塞利，《别处》杂志的保罗·斯克拉顿，还有梅芙·马伦南，后者委托我为戈尔韦艺术中心的一个集体展览写了《全景》一节的一个版本。我特别感谢《格兰塔》杂志的卢克·尼马。

感谢艺术委员会的资助，让我暂时可以停下自由职业的工作，专注于写作。

感谢安娜麦克林的蒂龙·格思里中心，这里为各种艺术家提供沉浸式体验和思考的空间，对我来说至关重要。

感谢那些为我解答从老年痴呆症到 DNA 等各种问题，并提供帮助或建议的人，以及其他做了好事的人和相关机构：罗南·卡瓦纳、奥伊芙·麦克莱萨特、爱尔兰输血服务中心、维多利亚和阿尔伯特博物馆、路易丝·德雷奇、佐伊·科明斯。

感谢几位好医生：帕特里夏·克劳利教授，米里娅姆·凯里医生和保罗·布朗教授，以及所有在圣詹姆斯医院血液科和伯基特病房工作的人（请大家考虑为他们医院捐献血液和血小板）。

感谢安·恩莱特，感谢她的友谊、智慧和鼓励。

感谢那些为我提供建议、陪我聊天、给我慰藉的作家朋友：露西·考德威尔、帕特里克·德威特、伊莱恩·菲尼、萨拉·玛丽亚·格里芬、伊丽莎白·罗丝·默里、多尔安·尼格里奥法、利兹·纽金特、马克·奥康奈尔、德里克·奥康纳、马克斯·波特和阿纳卡纳·斯科菲尔德。

特别感谢很久以前的那些作家，当我不写作或太害怕写作时，他们阅读我的作品并鼓励我：科尔姆·基根、彼得·墨菲和琼·考德威尔。

还要感谢西奥班·曼尼恩，他是每个作家都渴望的那种第一个读者。

感谢我的父母毛拉和乔，感谢他们毕生的支持，特别是在所有那些去医院看病的时候；感谢我的好兄弟马丁和科林，感谢克莱尔和丹尼尔。

感谢涅瓦·埃利奥特，一个虽与我没有血缘关系，却是我一直希望拥有的那个妹妹——一位无可匹敌的好朋友。

感谢亚拉和梅布——我自己的小星星，我真幸运有你们。

感谢斯蒂芬·香农，感谢他给我这么多的爱、支持、鼓励、欢笑、音乐和我难以言表的一切。

© Bríd O'Donovan

我们打造出自己多重的身体，如俄罗斯套娃一般，
并试图保留其中一个独属于我们自己的版本。但我们应该
保留哪一个——最大的还是最小的？

一頁 folio

始于一页，抵达世界
Humanities · History · Literature · Arts

出品人　范　新

总编辑　恰　恰

策划编辑　苏　骏

营销总监　张　延

营销编辑　闵　婕　许芸茹

运营总监　戴学林

新媒体　狄洋意

版权总监　吴攀君

印制总监　刘玲玲

Folio (Beijing) Culture & Media Co., Ltd.
Bldg. 15A-1 Jingyuan Art Center,
Chaoyang, Beijing, China 100124

一頁 folio
微信公众号

官方微博：@ 一頁 folio｜官方豆瓣：一頁｜媒体联络：zy@foliobook.com.cn